W0319896

btb

NATSUKO IMAMURA

DIE FRAU IM LILA ROCK

Roman

Aus dem Japanischen
von Katja Busson

btb

BEI MIR IN DER NACHBARSCHAFT wohnt eine Frau, die die »Frau im lila Rock« genannt wird. Man nennt sie so, weil sie immer lila Röcke trägt.

Erst dachte ich, sie sei jung. Wahrscheinlich wegen ihrer zierlichen Figur und des schulterlangen schwarzen Haars. Von weitem könnte man sie glatt für eine Mittelschülerin halten. Doch aus der Nähe sieht man sofort, dass sie ganz und gar nicht mehr jung ist. Sie hat Altersflecken im Gesicht, und auch ihr schulterlanges schwarzes Haar ist strohig und stumpf. Ungefähr einmal pro Woche geht die Frau im lila Rock in die Bäckerei in der Passage, um ein Vanillecremebrötchen zu kaufen. Ich tue dann immer so, als suchte ich Brot aus, und beobachte sie dabei. Jedes Mal erinnert sie mich an wen. Nur an wen?

In dem Park bei mir in der Nachbarschaft ist sogar eine Bank für sie reserviert. Die hinterste von den dreien an der Südseite, das ist *ihre* Bank.

Einmal kaufte die Frau im lila Rock in der Bäckerei ein Vanillecremebrötchen und ging die Passage hinunter zum Park. Es war kurz nach drei. Die Blätter der Blaueichen warfen schon Schatten auf ihre Bank. Die Frau im lila Rock setzte sich genau in die Mitte der Bank und aß das Brötchen, das sie gerade gekauft hatte. Damit von der Creme nichts auf den Boden tropfte, hielt sie die linke Hand darunter. Das Stück mit den Mandelblättchen betrachtete sie erst eine Weile, bevor sie es sich in den Mund schob, und den letzten Bissen kaute sie so bedächtig, als täte es ihr regelrecht leid um ihn.

Ich beobachtete sie dabei und dachte: Ich habe das Gefühl, die Frau im lila Rock ähnelt meiner Schwester. Ich weiß natürlich, dass sie und meine Schwester zwei völlig verschiedene Personen sind. Sie sehen sich schließlich überhaupt nicht ähnlich.

Meine Schwester lässt sich beim letzten Bissen auch viel Zeit. Mir gegenüber war sie immer nachgiebig, nur nicht, wenn es ums Essen ging. Wenn es ums Essen ging, kannte sie kein Pardon. Pudding aß sie am liebsten. Sie kratzte den Rest Karamell aus der Schüssel und schaute ihn an, zehn Minuten, zwanzig Minuten, ohne sich sattzusehen. *Wenn* du *ihn nicht willst, ess ich ihn*, sagte ich mal und schnappte mir ihren Löffel, was zu einem Streit führte, der das Haus wackeln ließ. Die Narbe an meinem Oberarm ist immer noch zu sehen. Der Abdruck, den meine Zähne in ihrem Daumen hinterlassen haben, vermutlich auch. Seit der Scheidung meiner Eltern vor zwanzig Jahren lebt die Familie getrennt. Was meine Schwester wohl macht? Ob sie immer noch am liebsten Pudding isst? Wahrscheinlich nicht.

Wenn ich das Gefühl habe, dass die Frau im lila Rock meiner Schwester ähnelt, ähnelt sie mir dann auch? Nein. Obwohl. *Eines* haben wir gemeinsam. Wenn sie die Frau im lila Rock ist, bin ich »die Frau in der gelben Strickjacke«.

Die kennt im Gegensatz zur Frau im lila Rock bloß keiner.

Wenn die Frau in der gelben Strickjacke zum Beispiel durch die Passage geht, wird sie von niemandem beachtet, aber die Frau im lila Rock, ja, *die* erregt Aufsehen. Die braucht am Ende der Passage nur aufzutauchen, schon reagieren die Leute, und zwar folgendermaßen: Es gibt Leute, die a) demonstrativ wegsehen, b) aus dem Weg springen, c) die Faust recken (ihr Auftauchen könnte ja ein Zeichen sein) oder d) im Gegenteil, in Geheul ausbrechen (weil sie glauben, dass es Glück bringt, der Frau im lila Rock zweimal an einem Tag zu begegnen, aber Pech, wenn man sie noch ein drittes Mal sieht).

Was ich dabei am erstaunlichsten finde, ist, dass die Frau im lila Rock, unabhängig davon, wie die Leute reagieren, nie ihre Schrittgeschwindigkeit ändert. Sie teilt die Menge in konstantem Tempo. Interessanterweise stößt sie dabei selbst am Wochenende, wenn es voll ist, mit nichts und niemandem zusammen. Entweder hat sie hervorragende Reflexe oder aber ein drittes Auge auf der Stirn. Ja, bestimmt verbirgt sich unter ihrem langen Pony ein Dreihundertsechzig-Grad-Auge, mit dem sie ständig die Umgebung scannt. Aber wie dem auch sei: Diese Fähigkeit hat die Frau in der gelben Strickjacke jedenfalls nicht.

Dass man angesichts solcher Geschicklichkeit auf die verrückte Idee kommen kann, jetzt erst recht mit ihr zusammenstoßen zu wollen, kann ich verstehen. Ich hatte diese verrückte Idee auch. Und so wie die anderen scheiterten, scheiterte auch ich. Es war zu Beginn des Frühlings, glaube ich; ich tat jedenfalls so, als ginge ich ganz normal, beschleunigte ein paar Meter vor ihr plötzlich den Schritt und stürmte auf sie zu.

Idiotisch, wenn ich jetzt so darüber nachdenke. Weil die Frau im lila Rock im letzten Moment geschmeidig auswich und ich, weil ich nicht mehr bremsen konnte, in die Auslage des Metzgers krachte, was mir glücklicherweise keine Verletzungen, aber unglücklicherweise eine horrende Rechnung für die Reparatur der Auslage bescherte.

Vor kurzem habe ich endlich die letzte Rate getilgt – dabei liegt die Sache schon länger als ein halbes Jahr zurück –, und das war alles andere als einfach. Einmal pro Monat schmuggelte ich mich sogar in den Grundschulbasar, um mit Dingen, von denen ich dachte, dass sie sich verkaufen lassen, ein paar Groschen dazuzuverdienen. Jedes Mal fragte ich mich, was in aller Welt ich da eigentlich tue. Ein zweites Mal begehe ich so eine Dummheit nicht. Schließlich ist es bisher noch niemandem geglückt, mit der Frau im lila Rock zusammenzustoßen. Sie *muss* hervorragende Reflexe haben, wenn sie kein drittes Auge hat. Dabei sieht sie so unsportlich aus. Obwohl: Sie gleitet durch die Menge wie eine Eiskunstläuferin übers Eis. Ja, die Frau im lila Rock erinnert mich an das Mädchen, das bei den Olympischen Winterspielen im vorletzten Jahr die Bronzemedaille im Eiskunstlaufen gewann. Das Mädchen in dem blauen Dress, das sich so tantenhaft ausdrückt. Nach ihrem Karriereende wechselte sie ins Showbusiness, wo sie seit letztem Jahr eine Kindersendung moderiert. Seit kurzem ist sie auf Platz eins der »Beliebtesten Showmaster bei Kindern«. An *die* erinnert sie mich. Auch wenn die Frau im lila Rock viel älter ist, im Bekanntheitsgrad (dem meiner Nachbarschaft jedenfalls) steht sie der Showbiz-Ex-Eisprinzessin nicht nach.

Ja, nicht nur die Erwachsenen, sondern auch die Kinder wissen, wer die Frau im lila Rock ist. Ich wünschte, die Fernsehreporter, die ab und zu in der Passage auftauchen, würden nicht nur den Hausfrauen das Mikro unter die Nase halten und fragen, was es zum Abendessen gibt oder ob das Gemüse teurer geworden ist, sondern zwischendurch auch einmal Alte oder Kinder fragen, ob sie die Frau im lila Rock kennen.

Ich bin sicher: Fast alle würden bejahen.

Die Kinder haben sich ein neues Spiel ausgedacht: Sie spielen eine Runde »Schnick, Schnack, Schnuck«, und derjenige, der verliert, muss die Frau im lila Rock abklatschen. Nicht aufregend, aber die Kinder haben ihren Spaß. Gespielt wird im Park. Der Verlierer pirscht sich an die Bank der Frau im lila Rock heran und patscht ihr auf die Schulter. Das ist alles. Sobald er sie abgeklatscht hat, laufen die Kinder lachend weg, und das Spiel geht wieder von vorne los.

Ursprünglich musste man bei dem Spiel die Frau im lila Rock nicht abklatschen, sondern nur ansprechen. Der Verlierer hatte sich ihrer Bank anzunähern und »Guten Tag« oder »Hallo« zu sagen. Mehr musste er nicht tun, aber schon das machte den Kindern einen Heidenspaß. Sobald die Frau im lila Rock angesprochen war, stoben die Kinder kreischend vor Lachen auseinander.

Die neue Regel ist noch relativ jung. Die alte hatten alle »satt«. Ansprechende *und* Angesprochene. Die Sätze der Kinder waren so einfallslos – »Wie geht's?«, »Schönes Wetter heute, nicht wahr?«, bestenfalls »How are you?« –, dass selbst die Frau im lila Rock, die sich anfangs nie gerührt und nur zu Boden gesehen hatte, dazu überging, gelangweilt zu gähnen oder an den Nägeln zu knibbeln. So lustlos, wie sie sich die Flusen vom Pullover zupfte, konnte man fast meinen, sie wollte die Kinder herausfordern.

Die Kinder steckten die Köpfe zusammen und überlegten, wie sie die Routine durchbrechen könnten. Heraus kam die neue Regel, die inzwischen auch nicht mehr so neu ist, die aber, im Moment wenigstens, auch noch niemand »satt« hat. Munter rufen sie: »Schnick, Schnack, Schnuck!« Der Gewinner macht einen Luftsprung, der Verlierer stößt einen Schrei aus. Die Frau im lila Rock sitzt währenddessen auf ihrer Bank und rührt sich nicht. So wie sie dasitzt – die Hände im Schoß, den Kopf gesenkt –, könnte man fast meinen, sie hat sich noch nicht an die neue Regel gewöhnt. Wie sie sich wohl fühlt, wenn ihr eine Hand auf die Schulter patscht?

Ich dachte, die Frau im lila Rock ähnelt meiner Schwester, aber das stimmt nicht. Der Showbiz-Ex-Eisprinzessin ähnelt sie auch nicht. Die Frau im lila Rock ähnelt meiner Freundin aus der Grundschule: Mei-chan. Dem Mädchen, das sein langes Haar immer zu einem Zopf flocht und mit einem roten Haargummi versah. Ihr Vater war Chinese. Eines Tages kurz vor der Klassenabschlussfeier kehrte die Familie in die Heimat zurück, nach Shanghai. Mei-chan saß im Schwimmunterricht auch immer reglos da und knibbelte mit gesenktem Kopf an den Nägeln, anstatt uns beim Schwimmen zuzusehen. Wie die Frau im lila Rock. Ist es möglich, dass die Frau im lila Rock … dass das Mei-chan ist? Wer hätte gedacht, dass sie wieder in Japan ist? Unsere Freundschaft war nach ihrem Umzug eingeschlafen. Dass sie extra wegen mir …?

Nein. *So* gut waren wir nun auch wieder nicht befreundet. Wir haben ein- oder zweimal miteinander gespielt, mehr nicht. Aber Mei-chan war nett. »Schöner Schwanz«, lobte sie einmal den Hund, den ich gemalt hatte. Ihr Lob machte mich richtig verlegen. Gerade Mei-chan konnte sehr gut malen. Sie wolle Malerin werden, sagte sie immer. Wurde sie auch. Huang Chunmei. In Japan aufgewachsene chinesische Malerin. Im Sommer vor drei Jahren war sie für eine Ausstellung da. Las ich in der Zeitung. Die Frau, die lächelnd vor den Bildern stand, war zwar nicht mehr das Mädchen mit dem Zopf, aber eindeutig Mei-chan. An den Mandelaugen und dem Schönheitsfleck unter der Nase hatte sich nichts geändert.

Die Frau im lila Rock hat Schlupflider. Sie hat Altersflecken, aber keinen Schönheitsfleck.

Geht man nur nach der Augenform, hat sie gewisse Ähnlichkeit mit Arishima-san, einer meiner Klassenkameradinnen aus der Mittelschule. Charakterlich sind sie völlig verschieden, glaube ich, aber bei Schlupflidern muss ich unweigerlich an Arishima-san denken. Vor Arishima-san hatte ich Angst. Blondiert, einschüchternd, kriminell, brutal. Und immer ein dolchähnliches Messer dabei. Einer gefährlicheren Person, kann man sagen, bin ich nie begegnet. Selbst die Polizei wurde nicht mit ihr fertig, geschweige denn ihre Eltern oder die Lehrer. Warum Arishima-san ausgerechnet mir mal einen Kaugummi geschenkt hat, weiß ich bis heute nicht. Es war ein Kaugummi mit Pflaumengeschmack. »Hier«, sagte sie, nachdem sie mir einen Stoß in den Rücken versetzt hatte, also nahm ich ihn. Bei der Gelegenheit sah ich das erste Mal ihre Augen. Schlupflidrige Augen unter abfallenden Brauen. Einen Moment lang war ich so perplex, dass ich nicht mehr wusste, wer vor mir steht.

 Ich hätte mich bloß bedanken brauchen, aber ich

sagte nichts. Den Kaugummi warf ich beim Getränkehändler in den Müll, weil ich befürchtete, dass er vergiftet wäre.

Er war nicht vergiftet. Ich hätte ihn essen sollen. Und mich am nächsten Tag mit einem Bonbon revanchieren. Zu spät.

Nach der Mittelschule fing Arishima-san etwas mit einem Yakuza an. Man munkelt, sie wäre ins Geschäft mit Prostituierten und Aufputschmitteln eingestiegen. Ihr selbst sollen diese Erfahrungen auch nicht fremd geblieben sein. Inzwischen sitzt sie bestimmt im Knast. In der Todeszelle womöglich. Was bedeutet, dass die Frau im lila Rock nicht Arishima-san sein kann.

Da fällt mir ein: Im Fernsehen gibt es auch jemanden, der der Frau im lila Rock ähnelt. Sie tritt als Kommentatorin in Unterhaltungssendungen auf. Hauptberuflich zeichnet sie lustige Gespenstermangas. Neuerdings auch Kinderbücher, von denen sie selbst sagt, dass die sich besser verkaufen als ihre Mangas. Wenn ich mich nicht irre, ist ihr Mann auch Mangazeichner. Wie hieß der noch gleich …?

Nein. Jetzt weiß ich's! Die Frau im lila Rock sieht aus wie die Kassiererin aus dem Supermarkt in dem Viertel, wo ich früher wohnte. Die Frau, die mich damals, als ich so fertig war, dass ich kaum das Wechselgeld entgegennehmen konnte, plötzlich fragte, ob alles in Ordnung sei. Die mir am nächsten Tag für meine »Treue« dankte. Weswegen ich ab dem übernächsten Tag nicht mehr hinging.

Neulich habe ich meinem alten Supermarkt auf dem Weg zur Bibliothek einen Besuch abgestattet. Ich linste durch die Scheibe, und da stand sie, die Kassiererin, ein Sternchen mehr an der Brust. Sie sah so aus, als ob es ihr sehr gut ginge.

Was ich damit sagen will, ist, dass ich mir schon lange wünsche, mit der Frau im lila Rock befreundet zu sein.

Wo die Frau im lila Rock wohnt, habe ich selbstverständlich schon längst ermittelt. In einem maroden Apartmenthaus ganz in der Nähe. Zur Passage ist es auch nicht weit. Ein Teil des Daches ist mit Plastikfolie abgedeckt, das Geländer der Außentreppe rostigrot. Ohne sich daran festzuhalten, erklimmt die Frau im lila Rock die Stufen immer wie auf allen vieren. Das hinterste Apartment ist ihres. Apartment 201.

Von hier geht sie zur Arbeit. Die Leute in der Passage denken vielleicht, dass die Frau im lila Rock arbeitslos ist. Habe ich anfangs auch gedacht. *Die*, habe ich gedacht, hat definitiv keinen Job. Aber das stimmt nicht. Sie muss einen haben, sonst könnte sie weder Vanillecremebrötchen kaufen noch die Miete für ihr Apartment zahlen.

Sie arbeitet allerdings nicht das ganze Jahr. Es gibt Zeiten, in denen sie arbeitet, und Zeiten, in denen sie nicht arbeitet. Auch die Arbeitsstellen wechseln. Mal arbeitet sie in einer Fabrik für Schrauben, mal in einer

für Zahnbürsten, mal in einer für Augentropfenfläschchen. Auf Stundenlohnbasis oder befristet angestellt vermutlich. Wenn sie nicht arbeitet, dann manchmal einen ganzen Monat lang nicht. Ich brauche nur in meinen Notizen nachzusehen, um es genau zu wissen. Letztes Jahr im September hat sie gearbeitet. Im Oktober hat sie nicht gearbeitet. Im November hat sie nur die erste Hälfte gearbeitet. Im Dezember hat sie auch nur die erste Hälfte gearbeitet. Im neuen Jahr hat sie am 10. Januar angefangen zu arbeiten. Im Februar hat sie gearbeitet. Im März hat sie gearbeitet. Im April hat sie nicht gearbeitet. Im Mai hat sie außer in der Golden Week gearbeitet. Im Juni hat sie gearbeitet. Im Juli hat sie auch gearbeitet. Im August hat sie nur die zweite Hälfte gearbeitet. Im September hat sie nicht gearbeitet. Im Oktober hat sie mal gearbeitet, mal nicht. Und jetzt, im November, arbeitet sie vermutlich nicht.

Wenn die Frau im lila Rock arbeitet, arbeitet sie immer Vollzeit. Man sieht ihr die Erschöpfung gleich an. An den Tagen, an denen sie gearbeitet hat, geht sie abends ohne Umweg nach Hause. An ihren wenigen freien Tagen geht sie gar nicht aus dem Haus.

Derzeit ist sie, unabhängig von der Tageszeit, häufig im Park oder in der Passage unterwegs. Nicht dass ich sie ständig beobachten würde, aber soweit ich sehe, geht es ihr gut. *Gut*, kann man sagen, bedeutet, sie arbeitet nicht.

Ich möchte ihre Freundin werden. Aber wie schaffe ich das?

Während ich überlege, verfliegt die Zeit.

Sie einfach zu fragen, wäre komisch. »Wollen Sie meine Freundin sein?« So etwas hat sie bestimmt noch nie jemand gefragt. Mich schließlich auch nicht. Die *meisten* Leute wahrscheinlich nicht. Es wäre unnatürlich, sie so anzusprechen. Ich will sie ja nicht anmachen.

Was soll ich also tun? Ich würde mich erst einmal gerne vorstellen. Und zwar so, wie es sich gehört. Wenn wir dieselbe Schule besuchten oder Arbeitskolleginnen wären, wäre das möglich.

Im Park. Ich sitze auf der Bank, die dem Eingang am nächsten liegt. Vor dem Gesicht die Zeitung von gestern. Die habe ich eben aus dem Papierkorb gefischt.

Die Bank zwei weiter ist die Bank der Frau im lila Rock. Dort liegt das Stellenmagazin, das man umsonst im Convenience Store bekommt. Vor etwa zehn Minuten hat die Frau im lila Rock in der Bäckerei in der Passage ein Vanillecremebrötchen gekauft. Gleich dürfte sie im Park auftauchen. Ich habe gerade den Anfang der Rubrik Lebensberatung gelesen – »Soll ich mich von meiner asexuellen Ehefrau scheiden lassen? (Er, Mitte dreißig, im zweiten Jahr verheiratet)« –, als ich ihre Schritte höre.

Das ging aber schnell, denke ich und luge über meine Zeitung. Es nähert sich aber nicht die Frau im lila Rock, sondern ein Mann im Anzug. Wenn man genau hinhört, klingen seine Schritte ganz anders. Müde schlurft er an mir vorbei und setzt sich auf die hinterste Bank.

Ob das ein Vertreter ist? Er hat eine schwarze Aktentasche dabei. Ob er sich einen Moment hier ausruhen will, nachdem er erfolglos die Geschäfte in der Passage abgeklappert hat? Der Park hat insgesamt fünf Bänke (drei an der Südseite, zwei an der Nordseite), und schon an der Wahl der Bank erkennt man, ob jemand neu im Viertel ist oder nicht. Tut mir leid, ihn stören zu müssen, aber *da* kann er sich nicht hinsetzen!

Ich gehe hinüber, um ihm die Sache zu erklären. Skeptisch sieht er mich von unten herauf an. Aber was soll ich machen? Reserviert ist reserviert. Ordnung muss sein.

Nachdem ich ihm die Sache mehrfach erklärt habe, steht der Mann, wenn auch fluchend, endlich auf. Im selben Moment sehe ich jemanden in den Park kommen. Das ist sie! Ich sprinte zurück zu meiner Bank und verberge mich hinter der Zeitung.

Die Frau im lila Rock hat nur eine Brötchentüte dabei. Sie lässt sich auf ihrer gerade erst wieder frei gewordenen Bank nieder und nimmt das eben gekaufte Brötchen aus der Tüte. Das Vanillecremebrötchen. Die kommen häufig auch in Straßenumfragen vor. Der Reporter pickt sich einen Passanten mit Brötchentüte heraus, hält ihm das Mikro unter die Nase und fragt, was er gekauft hat. Am beliebtesten sind Sauerteigbrot und Vanillecremebrötchen. Wenn *ich* gefragt würde, würde ich wahrscheinlich auch Vanillecremebrötchen sagen. Das Besondere an denen ist die etwas festere Creme und der dünne Teig. Oben sind sie großzügig mit gebräunten Mandeln bestreut. Die knacken im Mund so schön.

Knack, knack, knack. Auf dem Rock der Frau im lila Rock landen Mandelkrümel. Obwohl sie die linke Hand unter das Brötchen hält, rieseln ihr welche durch die Finger. Sie merkt nichts davon. Beim Essen fixiert sie stets den Horizont. Das zeigt, wie konzentriert sie ist. Bis sie zu Ende gegessen hat, sieht und hört sie nichts. *Mampf, mampf, knack, knack, hmmmm.*

Als sie zu Ende gegessen und die leere Brötchentüte zusammengeknüllt hat, fällt ihr Blick endlich auf das Stellenmagazin am Rand ihrer Bank. Sie nimmt es ohne Eile in die Hand und beginnt zu blättern. Als sie einmal durch ist, fängt sie wieder von vorne an, diesmal etwas langsamer. Das Schwerpunktthema der aktuellen Ausgabe lautet »Erfolgreiches Teamwork am Arbeitsplatz«. Von mir aus kann sie die Artikel dazu, die den Großteil der ersten Hefthälfte ausmachen, überspringen. Die Seiten dahinter – »Gastronomie und Textil« – kann sie sich auch sparen. Blau, rot, gelb, grün. Die Seiten sind je nach Branche farblich gekennzeichnet. Die letzte Seite – »Bars & Clubs« – ist pink. An *der* bleibt die Frau im lila Rock aus unerfindlichen Gründen hängen. *Nicht da!* Eine Seite weiter vorn soll sie gucken. Auf der grünen. Rechts neben dem »Paketsortierer«. Der mit Neonstift eingekreiste kleine Kasten ist nicht zu übersehen.

Ob sie es begriffen hat? Die Frau im lila Rock schlägt das Stellenmagazin zu, rollt es zusammen und geht zum Mülleimer. *Sie wird es doch wohl nicht wegwerfen*, denke ich entsetzt. Aber das Einzige, was sie wegwirft, ist die Brötchentüte. Dann geht sie aus dem Park.

Kurz darauf kommen die Kinder aus der Schule.

Nanu? Sie ist ja gar nicht da, stellen sie mit einem Blick durch den Park fest und stehen eine Weile unschlüssig herum. Die Frau in der gelben Strickjacke scheint ihnen kein Ersatz zu sein. Nicht ganz so munter wie sonst rufen sie schließlich »Schnick, Schnack, Schnuck!« und spielen allein.

Die Frau im lila Rock hat es nicht begriffen.

Wenn ein Vorstellungsgespräch gut läuft, beschränkt sich ihr Leben wieder auf das Hin und Her zwischen Apartment und Arbeit. Wenn nicht, lungert sie weiter in der Nachbarschaft herum.

Die erste Woche geht vorbei, die zweite Woche geht vorbei, und die Frau im lila Rock lungert immer noch herum.

Ein paar Tage später geht sie wieder zu einem Vorstellungsgespräch. Dieses Mal in einer Fabrik für Fleischklöße. Sie hat es tatsächlich nicht begriffen. Dabei liegt es auf der Hand, dass man in der Lebensmittelindustrie auf gepflegtes Haar und saubere Fingernägel achtet. Nie im Leben stellen die eine Frau mit strohigem Strubbelkopf und Trauerrändern unter den Fingernägeln ein. Haben sie auch nicht.

Am selben Tag hat sie noch ein Gespräch. Für einen Job als Warenverräumerin in Nachtschicht. Warum sie sich ausgerechnet für so einen Job interessiert, ist mir schleierhaft. Weiß sie denn nicht, dass in der Nachtschicht überwiegend Männer arbeiten? Ich habe nämlich den Verdacht, dass die Frau im lila Rock keine Männer mag. Womit ich nicht meine, dass sie Interesse an Frauen hat. Nur, dass es anstrengend ist, unter lauter Männern zu arbeiten. Aber darüber muss ich nicht weiter nachdenken, denn diesen Job bekommt sie auch nicht.

So geht die Zeit dahin, und ehe ich mich's versehe, stellt die Frau im lila Rock einen neuen Rekord auf. Zwei volle Monate ohne Arbeit. Seit Beginn meiner Aufzeichnungen versteht sich. Ihre Ersparnisse dürfte sie inzwischen aufgebraucht haben. Ob sie noch Miete und Nebenkosten zahlt? Oder hat der Vermieter sie schon mit Mahnungen bombardiert? Ihr mit Klage gedroht? Nachträglich einen Bürgen gefordert? Dann ist es zu spät. Dann muss man sich etwas einfallen lassen. So wie ich. Ich habe die Mietzahlungen einfach eingestellt.

Alles nur wegen der Auslage.

Dadurch, dass ich das Geld für die Reparatur der Auslage auftreiben musste, geriet ich mit der Miete in Rückstand. Das bisschen, was ich mir auf dem Grundschulbasar dazuverdiente, half mir kaum weiter. In meiner finanziellen Situation ist es mir unmöglich, Reparatur *und* Miete zu zahlen.

Auch wenn ich es aufgegeben habe, die Miete bezahlen zu wollen, suche ich täglich nach Mitteln und Wegen, meinen Gläubigern zu entkommen. Ich überlege, wenigstens die Wertsachen in einem Schließfach am Bahnhof zu deponieren, falls mich mein Vermieter oder jemand vom Gericht überraschen sollte. Ein Kapselhotel und ein Manga-Café, wo ich zur Not übernachten kann, habe ich schon gefunden. Billige Wohnungen, wo ich vorläufig untertauchen kann, ebenso. Die außerhalb der Präfektur liegenden mit eingerechnet insgesamt zehn. Die könnte ich, wenn alle Stricke reißen, auch der Frau im lila Rock anbieten, aber das scheint momentan nicht notwendig zu sein.

An ihrer Tür sind keine Klebereste von Drohbriefen zu erkennen. Dass ihr jemand, der ihr Vermieter sein könnte, auflauert, ist mir auch nicht aufgefallen. Abends geht in ihrer Wohnung ganz normal das Licht an, und der Gaszähler bewegt sich auch. Was die Miete und die Nebenkosten betrifft, hat sie also kein Problem.

Nur das Telefon scheint man ihr abgestellt zu haben. Um potentielle Arbeitgeber zu kontaktieren, nutzt sie seit neustem den öffentlichen Fernsprecher vorm Convenience Store.

Sie nutzt aber nur den Fernsprecher, den Conbini selbst betritt sie nicht. Das aktuellste Stellenmagazin aus der Zeitschriftenecke zu holen und auf ihre Bank zu legen, ist *meine* Aufgabe.

Solange es keine Doppelnummer ist, erscheint das Stellenmagazin einmal die Woche. Neues Cover bedeutet allerdings nicht neuer Stellenmarkt. Arbeitgeber, die das ganze Jahr über zu wenig Personal haben, schalten das ganze Jahr über Anzeigen. Die Frau im lila Rock hat sich – zeitgleich – bei weiteren Firmen beworben, auch wenn ich sie nicht zu allen Gesprächen begleitet habe, allerdings ohne Erfolg. Kein Wunder, wenn sie sich als Telefonistin oder Empfangsdame in einem Einkaufszentrum bewirbt. Zum Schluss ist sie sogar auf die Idee gekommen, sich in einem Café vorzustellen. In einem Café! Sie! Die Frau, die sonst aus dem Wasserhahn im Park trinkt! Sie muss sich bei den vielen Bewerbungen aus den Augen verloren haben. Natürlich hat sie schon am Telefon eine Absage bekommen.

Ganze *drei* Monate dauerte es, bis die Frau im lila Rock dort anrief, wo man sie einstellen würde. *Zehn* Stellenmagazine musste ich bis dahin vom Conbini holen und auf ihre Bank legen.

Dass es so lange dauerte, liegt vielleicht an mir. Ich hätte nicht nur mit Neonstift arbeiten sollen, sondern zusätzlich mit Eselsohren oder Post-its. Dann wäre es womöglich schneller gegangen. Aber was soll's – die Frau im lila Rock konnte sich endlich dazu durchringen. Gestern Abend, die herausgerissene Anzeige in der Hand, machte sie sich auf den Weg zum Telefon.

»Ja, ja«, sagte sie nickend, den Hörer umklammernd, nervös. »Ja, das erste Mal. Nein, habe ich nicht.«

Mit einem Filzstift schrieb sie sich etwas auf die Hand. Es sah wie eine Zahl aus … eine Acht … eine Drei. Am Achten um drei? Ist das der Termin für das Vorstellungsgespräch?

Auch nachdem sie längst aufgelegt hatte, wirkte die Frau im lila Rock noch nervös. Kein Wunder, so oft, wie sie gescheitert ist! Aber – um es gleich vorwegzunehmen – diesmal wird es gutgehen. Diesmal wird sie garantiert eingestellt. Weil es ein Arbeitgeber ist, der das ganze Jahr über zu wenig Personal hat und im Prinzip jeden nimmt, der kommt.

Trotzdem sollte sie sich wenigstens die Haare waschen. Sich die Fingernägel zu schneiden und – wenn sie hat – ein wenig Lippenstift aufzulegen, kann auch nicht schaden. Schon das macht gleich einen ganz anderen Eindruck. Ob sie sich die Haare mit Seife wäscht? Ihr Haar sieht immer so strohig aus. Ich habe früher in einer Shampoofabrik gearbeitet. Gerne überlasse ich ihr ein paar von den Proben, die sich seitdem bei mir stapeln.

Kurz nach Mittag. Ich fülle eine durchsichtige Plastiktüte mit Shampooproben und postiere mich ungefähr in der Mitte der Passage. Hier stellen sich die Fernsehreporter auch meistens hin. An dieser Stelle wird die Passage nämlich von einer Straße gekreuzt, die links zu einem großen Supermarkt und rechts zu einem Pachinko-Parlour führt, deshalb ist hier immer sehr viel los. Manchmal werden auch Flyer verteilt, Proben allerdings so gut wie nie.

Die Passanten freuen sich über meine Shampooproben. Manche kommen extra noch einmal zurück. Wenn das so weitergeht, habe ich womöglich keine mehr, wenn es darauf ankommt. Wenn die Frau im lila Rock auftaucht. Leute, die eindeutig zum zweiten oder dritten Mal an mir vorbeigehen, die können sagen, was sie wollen, denen gebe ich keine Proben mehr.

Als ich nur noch fünf Shampoobeutelchen habe, taucht die Frau im lila Rock auf.

Als sie mich bemerkt, schaut sie zwar interessiert auf meine Tüte, bleibt aber nicht stehen, sondern geht einfach weiter.

Ich habe mich gerade umgedreht, um ihr hinterherzulaufen, als mich plötzlich eine Hand am Arm packt.

»Für wen arbeitest du? Hat dir der Verein erlaubt, hier zu stehen?«

Es ist der Inhaber des Getränkehandels Tatsumi.

Der Getränkehandel Tatsumi ist das älteste Geschäft der Passage und sein Inhaber gleichzeitig Vorsitzender des »Vereins zur Förderung der Einkaufspassage«.

»Was verteilst du da eigentlich? Zeig mal her!«, fährt er mich an, dabei ist er eigentlich ein sehr umgänglicher Mensch. Ich reiße mich los.

»He! Moment!«

Ich *hasse* laufen, aber jetzt renne ich wie um mein Leben. Selbst als ich die Frau im lila Rock längst überholt, die Passage verlassen und die breite Straße erreicht habe, renne ich immer noch. Aus Angst, der Inhaber des Getränkehandels wäre mir auf den Fersen. Von dem ist allerdings, sooft ich mich auch umdrehe, nichts zu sehen.

Letztendlich hänge ich der Frau im lila Rock die Tüte mit den Proben an die Tür. Das hätte ich vielleicht gleich machen sollen. *Schrbb, schrbb.* Ich spitze die Ohren. Durch die Tür hört es sich so an, als würde sich die Frau im lila Rock die Zähne putzen. Sehr gut! Von mir aus kann sie sich auch gleich die Haare waschen.

Du schaffst das, Frau im lila Rock! Ich drücke dir die Daumen!

Vier Tage später weiß ich, wie das Vorstellungsgespräch gelaufen ist. Ob es meine Gebete waren, der Duft von *Fresh Floral* oder ob sie wirklich jeden einstellen, der kommt, kann ich nicht sagen. Vermutlich hat alles irgendwie eine Rolle gespielt. Die Frau im lila Rock ist jedenfalls eingestellt worden. Der Weg dahin war lang. Aber jetzt kann es endlich losgehen.

Erster Arbeitstag. Die Frau im lila Rock geht etwas früher als sonst gegen sieben Uhr dreißig aus dem Haus. Ich warte an der Bushaltestelle. Die Frau im lila Rock steigt an der Haltestelle in der Nähe der Passage in den Bus ein und an der Haltestelle ganz in der Nähe der Arbeitsstelle wieder aus. Die Fahrt mit dem Bus dauert etwa vierzig Minuten. Als die Frau im lila Rock an die Tür des Büros klopft, ist es halb neun.

Im Büro wird ihr sogleich eine Uniform und ein Spindschlüssel ausgehändigt. Auf die Bitte des Facility-Managers, sie möge sich umziehen, geht die Frau im lila Rock in den Umkleideraum nach nebenan.

Die Uniform besteht aus einem schwarzen Kleid.

Robust, atmungsaktiv, schmutzabweisend (das heißt, weil das Kleid schwarz ist, fällt der Dreck nicht so auf). Weil es aus Polyester ist, trocknet es erfreulicherweise auch sofort, wenn man es wäscht. Das Einzige, was man beklagen könnte, wenn man etwas beklagen wollte, ist, dass es sich schnell statisch auflädt.

Passend zur Uniform hat die Frau im lila Rock in der Passage gestern ein Paar schwarze Schuhe gekauft. Die Strumpfhose, die sie ebenfalls im Hundert-Yen-Shop in der Passage gekauft hat, reißt, als sie sie nur über die Zehenspitzen streift. Die Frau im lila Rock wirft sie weg und zieht die Schuhe barfuß an. Zuletzt bindet sie sich die weiße Schürze um. Aber sie vertut sich dabei. Die Schürze muss hinten doch über Kreuz gebunden werden!

Als sie fertig ist, klopft sie wieder an die Tür vom Büro. Im Büro befinden sich der Facility-Manager und andere Mitarbeiter.

Der Facility-Manager sitzt am Schreibtisch und starrt in den Computer. Als die Frau im lila Rock eintritt, sieht er auf, wirft einen flüchtigen Blick auf ihr Gesicht und – ihre Beine.

Vielleicht hat er nicht bemerkt, dass sie keine Strumpfhose trägt; er sagt jedenfalls nichts. Weist nur darauf hin, dass die Schürze falsch gebunden ist.

»Tsukada-san«, winkt er Chief Tsukada zu sich, die Frau, die vor dem Whiteboard steht. »Helfen Sie ihr doch mal«, sagt er und zeigt auf die Frau im lila Rock.

Gerne. Chief Tsukada legt das Namensschild, das

sie in der Hand hält, ab und geht zu der Frau im lila Rock.

»Erster Tag?«, fragt sie und legt der Frau im lila Rock die Hände auf die Schultern. Das ist das erste Mal, dass ich sehe, wie jemand – abgesehen von den Kindern – die Frau im lila Rock berührt.

»Ja«, erwidert diese sehr leise.

Chief Tsukada dreht sie um, löst die Schleife, knöpft die Bänder ab, legt sie, *grob* kann man sagen, über Kreuz und zurrt sie fest.

»Meine Güte, bist du dünn! Hast du gefrühstückt?«

»Ja«, erwidert die Frau im lila Rock wieder sehr leise.

»Und was?«, fragt Chief Tsukada.

»*Cornflakes*«, erwidert die Frau im lila Rock.

»Cornflakes?! Die geben keine Kraft. Morgens muss man Reis essen, hörst du, Reis!«, sagt Chief Tsukada und gibt ihr einen Klaps auf die Schulter.

»Ja«, sagt die Frau im lila Rock wieder leise und – kichert.

Ich dachte zuerst, ich hätte mich verhört, aber es kam eindeutig von ihr. Die Frau im lila Rock hat zu meinem Erstaunen gekichert.

Neun Uhr. Das Morgenmeeting beginnt. Da es der erste Montag des Monats ist, ist auch der Hotelmanager mit von der Partie. »Ich darf noch einmal darauf hinweisen, dass die Facility-Management-Standards unbedingt einzuhalten sind«, sagt er nach der Begrüßung und verschwindet wieder.

»Sich nicht in die Arbeit externer Dienstleister einmischen«, lautet seine Devise. Deshalb nimmt er nur einmal pro Monat an einem Meeting teil und kennt das Personal nicht. Den »Mangel an der gebotenen Sorgfalt« beklagt er erst seit kurzem, vorher hat er sich nicht einmal die Reinigungspläne angesehen. Weil er sich so wichtig nimmt, obwohl er nur so selten kommt, ist er beim Personal nicht sehr beliebt.

Sobald der Manager auf und davon ist, tritt der Facility-Manager vor und verliest die heutige Auslastung der Gästezimmer und das »Motto des Monats«. Da die gesammelte Belegschaft nicht ins Büro passt, finden die Meetings immer auf dem Gang zum Hotel statt.

Von meiner Position aus kann ich die Frau im lila Rock leider nicht sehen. Das liegt aber nicht am Personal, sondern am Facility-Manager. Der ist so dick, dass er die Frau im lila Rock ganz verdeckt.

Als Nächstes verliest der Facility-Manager die Fehler des vergangenen Tages.

»Zimmer 215, Streifen auf dem Spiegel; Zimmer 308, Wasserkocher nicht gefüllt; Zimmer 502, Toilettenpapier nicht zu einem Dreieck gefaltet. Wie oft soll ich Ihnen das noch sagen? Wenn Sie dem Facility-Management-Standards-Protokoll folgen und die neuralgischen Punkte vor dem Verlassen des Zimmers noch einmal kontrollieren würden, würden die meisten Fehler gar nicht erst passieren.«

Aufmerksam hören alle zu. Oder tun wenigstens so.

»Zum Schluss möchte ich Ihnen noch jemanden vorstellen, der ab heute unser Team verstärkt.«

An dieser Stelle schaut der Facility-Manager hinter sich.

»Stellen Sie sich doch bitte kurz vor.«

Endlich sehe ich das Gesicht der Frau im lila Rock, wenigstens die Hälfte davon. Ob ihr jemand gesagt hat, dass sie sich das schulterlange Haar zu einem Pferdeschwanz binden soll? Ich habe nichts davon mitbekommen. Der Pferdeschwanz bringt ihr ovales Gesicht zur Geltung. Richtig adrett sieht sie aus.

»Bitte …«

Sie möge einen Schritt vortreten, bedeutet ihr der Facility-Manager. Die Frau im lila Rock tritt einen Schritt vor und – erstarrt.

»Was ist? Worauf warten Sie?«, zischt er ihr verlegen zu. »Sagen Sie wenigstens Ihren Namen. Einen Namen haben Sie doch, oder?! Ihr Name reicht.«

Einige Mitarbeiter kichern.

»Hino«, presst die Frau im lila Rock schließlich heraus.

Darauf der Facility-Manager: »Und Ihr Vorname?«

»Mayuko.«

Was hat sie gesagt?

Keine Ahnung.

Hört man einige Kolleginnen absichtlich laut.

Hast du es gehört?

Nee. Du?

Ich hab auch nichts mitbekommen.

»DAS WAR ZU LEISE! WÜRDEN SIE DAS BITTE WIEDERHOLEN?«

In Wirklichkeit *haben* sie es gehört. Hino, Mayuko, hat sie gesagt – ganz deutlich –, aka die Frau im lila Rock. Die Frau in der gelben Strickjacke hat es genau gehört.

»WIE WAR DAS? NOCH EINMAL BITTE!«

»DAS IST MAYUKO HINO«, erhebt der Facility-Manager an ihrer Stelle die Stimme. »AUF GUTE ZUSAMMENARBEIT!«

Ich beneide den Facility-Manager nicht um seinen Job. Er muss das Personal unter einen Hut bekommen, mit dem Hotel verhandeln, Tagespläne aufsetzen, Berichte schreiben, mitarbeiten, wenn Not am Mann ist, Schichtpläne erstellen und, wenn die Pläne fertig sind, Beschwerden über sich ergehen lassen, dabei hat er in seiner Position zwischen Hotel und Firmengeschäftsführung ohnehin schon einen schweren Stand. Und gegen seine Frau kommt er angeblich auch nicht an.

Wahrscheinlich wird er deswegen von Tag zu Tag dicker, weil er so viel Stress hat. In letzter Zeit heißt es von oben immer nur: »Auf keinen Fall *noch* mehr Personal verlieren.«

Die Frau im lila Rock, die sich eben im Morgenmeeting vorgestellt hat, soll sich in der Mittagspause zum Stimmtraining im Büro melden, sagt der Facility-Manager. Die Frau im lila Rock nickt besorgt, dabei ist Stimmtraining am ersten Tag nichts Ungewöhnliches, in dieser Firma wenigstens nicht. Trainiert wird immer am selben Ort. Draußen an der Müllsammelstelle.

Die Müllabfuhr ist noch nicht da gewesen. Der Facility-Manager und die Frau im lila Rock sind allein.

»Von dort bitte. So laut Sie können.«

Die Frau im lila Rock muss sich neben die Wertstofftonnen stellen, der Facility-Manager postiert sich ihr gegenüber neben die Restmüllcontainer. Es beginnt mit einer Stimmübung.

Von der Frau im lila Rock ist zu Anfang überhaupt nichts zu hören.

»A – E – I – O – U – O – U – GUTEN MORGEN!«

Nur die Stimme des Facility-Managers schallt über den Platz.

»FA – VI – FO – FE – FU – FA – FO – VIELEN DANK!«

Dass der Facility-Manager an der Uni Theater gespielt hat, ist kein Geheimnis. Er soll eine Zeitlang sogar eine Karriere als professioneller Schauspieler angestrebt haben, aber nach nur zwei Jahren kläglich gescheitert sein. Wahrscheinlich muss man etwas mehr mitbringen als nur den Wunsch, mal mit einer Schauspielerin auszugehen. Dank dessen hat er jedenfalls eine bessere Stimme als normale Menschen, bilde ich mir ein. Sie kommt, wie soll ich sagen, mehr aus dem Bauch heraus.

»SCHA – SCHI – SCHO – SCHE – SCHU – SCHÖ – SCHÜ – SCHÄ – SCHÖNEN FEIERABEND!«

Vom Elan des Facility-Managers angesteckt, wird auch die Stimme der Frau im lila Rock zusehends kräftiger.

»VIELEN DANK!«

»Vielen Dank!«

»SCHÖNEN TAG NOCH!«

»Schönen Tag noch!«

»Sehr gut, weiter so. SCHÖNEN TAG NOCH!«

»SCHÖNEN TAG NOCH.«

»SCHÖNEN FEIERABEND!«

»SCHÖNEN FEIERABEND.«

»GENAU SO!«

Zwei Formen höflicher Begrüßung versucht der Facility-Manager der Frau im lila Rock beizubringen: die zur Begrüßung von Gästen, denen man in Zimmern oder auf dem Flur begegnet, und die zur Begrüßung anderer Mitarbeiter. Man sollte meinen, ein erwachsener Mensch beherrsche die bereits, weil viele Leute sie aber *nicht* beherrschen, hat dieser Arbeitgeber das ganze Jahr über zu wenig Personal. Die neuen Mitarbeiter, die nicht in der Lage sind, anständig zu grüßen, werden von den alten nämlich rausgeekelt. *Richtig* finde ich das nicht; auf der anderen Seite kann man von einem erwachsenen Menschen durchaus erwarten, dass er »Guten Morgen« sagt. Wobei. Ich bin gerade die Richtige, das zu sagen!

»Gut. Jetzt wollen wir es etwas lauter versuchen. VIELEN DANK!!«

»VIELEN DANK!«

»Noch ein kleines bisschen lauter. VIELEN DANK!!«

»VIELEN DANK!«

»So laut, dass man es dort drüben in der Raucherecke hört! VIELEN DANK!!«

»VIELEN DANK!!«

»SIE DA! Ja, SIE DA, SIE meine ich. Ich kann zwar Ihr Gesicht nicht erkennen, aber Sie sind doch eine von uns, oder? Sie tragen jedenfalls unsere Uniform. Ja, ja, SIE DA! Würden Sie bitte winken, wenn Sie uns hören? VIELEN DANK!!«

»VIELEN DANK!!«

Ich winke.

»Ah, sie hat uns gehört, wunderbar. Sie haben den Test bestanden!«

Dank des Spezialtrainings des Facility-Managers betrachtet der Senior Staff die Frau im lila Rock schon am Nachmittag mit anderen Augen. Allein die Tatsache, dass die Frau im lila Rock sich im Fahrstuhl verbeugt und »allseits einen schönen Feierabend« wünscht, macht den überaus schlechten Eindruck ihrer morgendlichen Selbstvorstellung wieder wett. Erstaunt sehen sie alle an.

Guck an. Wer hätte das gedacht?

Vielleicht ist doch etwas mit ihr anzufangen.

Ich atme auf. Dass man sie mobben könnte, weil sie nicht anständig grüßt, muss ich jetzt nicht mehr befürchten. Es gibt einige, nicht nur dienstältere Mitarbeiter, sondern auch Chiefs, Chief Tsukada oder Chief Hamamoto beispielsweise, die sich weigern, Mitarbeiter, die nicht anständig grüßen, überhaupt anzulernen. Ich möchte gar nicht wissen, wie viele Neue schon gekündigt haben, ohne auch nur mit einem einzigen Utensil bekanntgemacht worden zu sein.

Die Frau im lila Rock, die nun weiß, wie man anständig grüßt, wird am Nachmittag umgehend angelernt.

Nachdem Chief Tsukada ihr im Hinterhof die einzelnen Utensilien erklärt hat, drückt sie ihr eine Kopie des Arbeitsablaufs in die Hand. Dort soll die Frau im lila Rock die Namen der Utensilien eintragen, aber leider hat die Frau im lila Rock keinen Kugelschreiber dabei.

»Du hast keinen dabei?«, sagt Chief Tsukada. »Einen Kugelschreiber sollte man immer dabeihaben.«

»Entschuldigung.«

Die Frau im lila Rock verbeugt sich.

»Hast du wenigstens ein Notizheft?«

Die Frau im lila Rock schüttelt den Kopf, woraufhin Chief Tsukada ein nagelneues Notizheft aus ihrer Arbeitstasche zieht.

»Du kannst das hier haben.«

»Wirklich?«

»Ja, ja, ich hab noch mehr. Die gab's für zweihundertneunzig Yen im Fünferpack.«

»VIELEN DANK!«

Das Spezialtraining zeigt Früchte.

»Im Prinzip ist es immer dasselbe«, sagt Chief Tsukada und gibt ihr einen Kugelschreiber. »Wenn du das machst, was ich dir sage, geht es dir im Nu in Fleisch und Blut über. Schwer ist wirklich nichts daran.«

»Jawohl.«

Die Frau im lila Rock schlägt das eben erhaltene Notizbuch auf und schreibt »Im Prinzip immer dasselbe« hinein.

»Na, hör mal! Das musst du doch nicht extra aufschreiben!«, sagt Chief Tsukada, gibt ihr einen Klaps auf die Schulter und lacht.

Die Etage, der die Frau im lila Rock zugewiesen wird, wird auch die Trainingsetage genannt. Auf dieser Etage sind neben Inhouse-Trainer Chief Tsukada knapp zehn Leute beschäftigt: drei ständig wechselnde Assistenz-Chiefs und Mitarbeiter, die noch kein Jahr in der Firma sind. Bis man von Chief Tsukada den Stempel »Training erfolgreich absolviert« bekommt, wird jeder Handgriff strengstens kontrolliert.

Um zu sehen, wie die Neue sich macht, kommt auch der Facility-Manager vorbei. Die Frau im lila Rock ist nicht da, weil sie just einen Moment zuvor von einem anderen Chief abgeholt wurde, um die Putzmittel wieder aufzufüllen.

»Ich glaube, das wird was«, erstattet Chief Tsukada Bericht.

»Kriegt sie die Zähne auseinander?«, fragt der Facility-Manager.

»Wenn man sie etwas fragt, gibt sie anständig Antwort.«

»Das beruhigt mich«, erwidert der Facility-Manager und nickt zufrieden.

»Erst war ich mir nicht ganz sicher, weil sie so zurückhaltend ist, aber das, was ich ihr bisher gezeigt und gesagt habe, hat sie einwandfrei umgesetzt. Gewissenhaft ist sie auch. Und, was man ihr gar nicht ansieht, erstaunlich flott.«

»Interessant.«

»Ob sie mal Sport gemacht hätte, habe ich sie gefragt. Und stell dir vor: Sechs Jahre Leichtathletik ab der Mittelschule.«

»Nein, wirklich?«

»Ihre Disziplin wäre Kurzstrecke gewesen, hat sie gesagt. Wie heißt es so schön? Nicht nach dem Äußeren urteilen. Wie wahr! Ich bin froh, mal wieder eine anständige junge Frau im Team zu haben.«

Die Frau im lila Rock scheint tatsächlich sportlich zu sein. Auf die Idee, dass sie ehemalige Leichtathletin ist, wäre ich allerdings nicht gekommen. Und dann auch noch: *sechs* Jahre lang.

Dass man sie für »gewissenhaft« und »anständig« hält, wundert mich auch. Soll das heißen, dass es an ihrer äußerlichen Erscheinung liegt, dass sie so oft eine Absage bekommen hat? Erstaunlich, was Uniform und Pferdeschwanz bei einer äußerlichen Erscheinung, die man beim besten Willen nicht als gepflegt bezeichnen kann, doch ausmachen. Außerdem duftet es seit heute Morgen jedes Mal, wenn die Frau im lila Rock an mir vorbeigeht, nach *Fresh Floral*. Dem Shampoo, das ich ihr an die Tür gehängt habe. Düfte beeinflussen die Wahrnehmung, habe ich mal gehört. Das kann man wohl sagen.

Am Ende des Tages bekommt die Frau im lila Rock von Chief Tsukada einen Apfel. Einen großen roten Apfel.

 »Das ist ein Fuji. Die kosten richtig Geld, wenn man

sie kauft.« Verschwörerisch legt Chief Tsukada einen Finger an die Lippen.

Die Frau im lila Rock nimmt den Apfel mit beiden Händen entgegen und fragt ein wenig unsicher: »Ist das in Ordnung?«

»Na klar! Nimm.«

»Aber, das ist doch …«

»Ich sag doch, nimm. Alle machen das. Ich auch. Hier, guck!«

Chief Tsukada zeigt auf ihre Brüste. Zwei unnatürlich große, runde Brüste. Verschieden geformt, wenn man genau hinsieht. Die rechte ist ein Apfel, die linke eine Orange. Chief Tsukada gleitet mit der Hand in ihre Schürzentasche und lässt eine Banane daraus hervorblitzen.

Die Frau im lila Rock kichert.

»Sonst landen die Sachen im Müll, und das muss doch nicht sein, oder?«

So ist es, genau, eilen ihr Chief Hamamoto und Chief Tachibana zu Hilfe.

»Chief Tsukada hat recht.«

»Lebensmittel, die man noch essen kann, einfach wegzuwerfen, ist eine Schande! Das kann mein Hausfrauenherz nicht dulden!«

Chief Hamamoto zieht einen Golden Delicious und eine Orange, Chief Tachibana eine Orange und eine Banane aus ihrer Umhängetasche und zeigt sie der Frau im lila Rock. Alles Reste von dem Obst, das das Hotel in den Gästezimmern bereitstellt.

»Wenn dich einer fragt, musst du nur sagen, dass du es entsorgst.«

»Genau.«

»Aber kein Wort zum Facility-Manager, hörst du?«

Chief Tsukada legt wieder verschwörerisch einen Finger an die Lippen.

»Mach dir keine Sorgen«, sagt Chief Hamamoto und zeigt auf Chief Tachibana. »Die hier nimmt in ihrer Trinkflasche sogar den Champagner mit, den die Gäste übrig lassen, und das ist auch noch keinem aufgefallen.«

»Ist das wahr?«

Die Frau im lila Rock macht ein überraschtes Gesicht.

»Ach was! Natürlich nicht!« Chief Tachibana winkt lachend ab.

»Doch, glaub mir! Ihre himmelblaue Thermoskanne ist immer mit Champagner gefüllt. Du musst mal hinhören. Jedes Mal, wenn sie einen Schluck getrunken hat, macht sie ›*haaah*‹.«

»So ein Blödsinn, glaub ihr kein Wort!«

»›*Haaah*‹. Hahahaha!«

Diesmal kichert die Frau im lila Rock nicht. Diesmal sehe ich sie zum ersten Mal richtig lachen.

»Hier. Nimm doch auch noch eine Orange mit.«

Chief Tsukada hält ihr die Orange hin, die sie in der Tasche ihres Kleides versteckt hatte.

»Ist das wirklich in Ordnung, wenn ich …?«

»Ich sag doch, *ja*! Wir haben auch jeder eine.«

»Aber …«

Aus irgendeinem Grund zögert die Frau im lila Rock. Chief Tsukada folgt ihrem Blick und sieht sich um.

»Ah. Um die musst du dir keine Gedanken machen. Die mag kein Obst.«

»Sind Sie sicher?«

»Stimmt doch, Chief Gondo, oder?«

»Also … dann nehme ich Ihr Angebot dankend an.«

Die Frau im lila Rock macht eine zackige Verbeugung.

Den Apfel und die Orange von Chief Tsukada an den Bauch gepresst, geht sie zum Umkleideraum. So vornübergebeugt und beflissen »schönen Feierabend« wünschend, wie sie dahingeht, sieht sie wie eine sehr bescheidene neue Mitarbeiterin aus. »Ebenfalls!«, »Bis morgen!«, schallt es ihr von den dienstälteren Mitarbeitern, die sich morgens im Meeting noch über sie lustig gemacht hatten, entgegen.

Zweiter Arbeitstag. Heute nimmt die Frau im lila Rock einen Bus später. Den Bus um acht Uhr zwei. An Werktagen fährt alle zwanzig Minuten ein Bus. Nähme sie einen Bus früher, wäre sie für das Morgenmeeting viel zu früh, nimmt sie einen Bus später, kommt sie zu spät. Als die Frau im lila Rock stempelt, ist es acht Uhr zweiundfünfzig.

»Guten Morgen«, grüßt sie laut und vernehmlich, als sie das Büro betritt, und noch einmal, als sie die Tür zum Umkleideraum öffnet.

»Morgen!«, grüßen Facility-Manager und Mitarbeiter zurück. Der Facility-Manager hat ein zufriedenes Lächeln im Gesicht. Die Gewissheit, dass sein Spezialtraining Früchte trägt, scheint ihn zu freuen.

Ob sie keinen Muskelkater habe?, wird sie gefragt. »Nein, alles in Ordnung«, erwidert die Frau im lila Rock. In Wirklichkeit tut ihr alles weh: die Schultern, die Arme, das Kreuz, die Beine, alles. Als sie morgens auf den Bus gewartet hat, hat sie mit gefurchten Brauen ein paarmal den Kopf knacken lassen.

Die Frau im lila Rock zieht sich um. Dafür, dass es ihr zweiter Tag ist, geht es schnell. Sie hat den Bogen offensichtlich raus, dabei hat sie gestern noch so lange gebraucht. Die Strumpfhose hat sie wohl schon zu Hause angezogen. Die Bänder ihrer Schürze liegen ordentlich über Kreuz.

Den Blick auf den Spiegel an der Innentür des Spinds geheftet, widmet sich die Frau im lila Rock ihrem Haar. Die Bürste in ihrer Hand ist mit dem Logo des Hotels versehen. »Das hier ist alles zum Mitnehmen«, hat Chief Tsukada gestern gesagt, woraufhin sich die Frau im lila Rock für eine Bürste und Q-tips entschieden hat. Jedes Mal, wenn sie sich mit der Bürste durch die Haare fährt, duftet es nach *Fresh Floral.*

Bevor die Frau im lila Rock den Umkleideraum verlässt, dehnt sie sich kurz. So wie sie stöhnt, scheinen ihr die Kniebeugen und das Schulterrollen alles andere als leicht zu fallen. Von ungewohnter Arbeit bekommt man so einen Muskelkater nicht, jedenfalls nicht von der Arbeit allein. Tatsächlich ist die Frau im lila Rock nach der Arbeit gestern noch volle neunzig Minuten gerannt.

Gestern waren die Betten nicht einmal zur Hälfte belegt. Die Frau im lila Rock hat um drei Uhr dreißig ausgestempelt, ist um drei Uhr dreiundfünfzig in den Bus gestiegen und um kurz nach halb fünf wieder ausgestiegen. Unter normalen Umständen wäre sie direkt nach Hause gegangen. Aber gestern! Gestern hat sie einen Abstecher in den Park gemacht.

Im Park hat sie sich auf ihre Bank gesetzt, die Hände in ihre Tasche auf dem Schoß gesteckt und einen roten Apfel hervorgezogen. Den Fuji, den ihr Chief Tsukada zum Feierabend in die Hand gedrückt hatte. Sie hielt ihn sich vors Gesicht, öffnete den Mund und biss kraftvoll hinein.

Knurps, knurps, knurps. Sie wollte gerade ein viertes Mal hineinbeißen, als man ein Kind »Da ist sie ja!« rufen hörte.

»Sie isst einen Apfel!«

Die Kinder zeigten mit dem Finger auf die Frau im lila Rock und lachten. Fröhlich hüpfte eins nach dem anderen über den Stahlbügel am Eingang des Parks. Ein Stück von *ihrer* Bank entfernt bildeten sie einen Kreis und spielten munter »Schnick, Schnack, Schnuck«. Dreimal unentschieden, beim vierten Mal verlor der Junge, der »Schere« zeigte. »Verdammt!«, rief er, wie immer sichtlich erfreut. Der Junge näherte sich der Bank der Frau im lila Rock und holte aus.

Patsch! Seine Hand klatschte ihr auf die Schulter.

Der Frau im lila Rock fiel vor Schreck der Apfel aus der Hand.

»Oh!«

Der Junge wurde blass. Dabei kann man sich ausrechnen, was passiert, wenn man so fest schlägt! Verdutzt sahen die Kinder, nicht nur der Junge, dem wegrollenden Apfel nach. Mit dieser Wendung hatten sie wohl nicht gerechnet.

Kurz vorm Abfalleimer blieb der Apfel endlich liegen. Als hätte ihn das wieder zur Besinnung gebracht, lief der Übeltäter hinterher. Sichtlich betrübt hob er den sandigen Apfel auf und trug ihn zurück zur Frau im lila Rock.

»Tut mir leid.«

Verlegen hielt er ihr den Apfel hin.

Daraufhin liefen auch die anderen Kinder herbei und verbeugten sich.

»Tut mir leid!« »Entschuldigung!« »Tut mir wirklich leid!« »Tut mir leid!« »Tut mir leid!« »Tut mir leid!«

Die eifrigen Verbeugungen sahen so komisch aus, dass ich einen Moment lang dachte, die Kinder hätten ein neues Spiel begonnen.

Aber nein. Sie entschuldigten sich aufrichtig. Der Junge, der die Frau im lila Rock abgeklatscht hatte, hatte sogar Tränen in den Augen.

Die Frau im lila Rock winkte ab.

»Nichts passiert«, sagte sie.

Nichts passiert! Dass sie so reagiert, hätte ich nicht erwartet. Die Kinder offensichtlich auch nicht.

»Sie hat gesprochen.«

»Sie hat wirklich gesprochen.«

Raunten sie sich ungläubig zu.

»Ich geh ihn waschen!«, rief der Junge und rannte zum Wasserspender. Die anderen Kinder folgten.

»Schon gut, nicht nötig«, rief die Frau im lila Rock, erhob sich von ihrer Bank und lief den Kindern hinterher.

Der Apfel wurde sorgfältig gewaschen. Er wanderte von Hand zu Hand und landete sauber wieder bei der Frau im lila Rock. Zurück an der Bank, biss die Frau im lila Rock herzhaft hinein.

»Köstlich«, sagte sie und gab ihn dem Jungen neben sich.

Der Junge, der sie eben abgeklatscht hatte, nahm einen Bissen und sagte: »Lecker.« Als Nächstes wanderte der angebissene Apfel zu dem Mädchen rechts von dem Jungen. Auch die nahm einen Bissen, bevor sie ihn an das Mädchen rechts von sich weitergab.

»Köstlich.« »Süß.« »Lecker.« »Der schmeckt aber gut.« Gegen den Uhrzeigersinn ging der Apfel herum. Nachdem der Junge einen Bissen genommen hatte, nahm ein Mädchen einen Bissen. Nachdem das Mädchen einen Bissen genommen hatte, nahm wieder ein Mädchen einen Bissen. Nachdem dieses Mädchen einen Bissen genommen hatte, nahm wieder ein Junge einen Bissen. Nachdem der Junge einen Bissen genommen hatte, nahm wieder ein Junge einen Bissen. Nachdem dieser einen Bissen genommen hatte, nahm die Frau im lila

Rock wieder einen Bissen, und als der Apfel zum zweiten Mal die Runde gemacht hatte, war nur noch der Stiel von ihm übrig.

Als sie den Apfel aufgegessen hatten, spielten die Kinder mit der Frau im lila Rock Fangen. Sie spielten so lange, bis es stockfinster geworden und jeder einmal Fänger gewesen war.

Die Frau im lila Rock war als Letzte dran.

Die Kinder stoben davon wie die Hasen. Sie schlugen solche Haken, dass selbst eine ehemalige Leichtathletin wie die Frau im lila Rock keine Chance hatte, sie zu fangen. Obwohl sie eine Zeitlang wie eine Wilde hinter ihnen hergerannt war, blieb sie nach einer Weile plötzlich stehen.

Ohne sich weiter um die umherlaufenden Kinder zu kümmern, schlenderte sie durch den Park, sah sich die Blumenbeete an oder zur Parkuhr hinauf. Die Kinder, die die Veränderung sehr wohl bemerkten, liefen besorgt zu ihr. Auch ich fragte mich, was los war.

»Was hast du?« Einer der Jungen sah sie von unten herauf an. »Bist du böse?«

Die Frau im lila Rock seufzte. »Ich kann nicht mehr«, sagte sie.

»Du kannst nicht mehr?«

»Geht es dir nicht gut?«

»Sollen wir eine Pause machen?«

In dem Moment geschah es. Die Frau im lila Rock schlug dem Jungen, der direkt vor ihr stand, die Hände auf die Schultern und sagte: »HAB – DICH.«

»NEIIIIIIIIIIIIIIIIIN!«, rief er.

Dann brandeten Applaus und Gelächter auf. »GUT GEMACHT!« »NA ALSO!« Der Frau im lila Rock klopften Hände auf die Schultern und den Rücken. Jeder Schlag wirbelte eine Staubwolke auf, die der Abendwind bis zur Bank in der Nähe vom Eingang trug.

Ein paar Minuten später war der Park, bis auf eine Orange, leer. Ich ging zu der Bank der Frau im lila Rock, hob die Orange, die darunter lag, auf und biss an Ort und Stelle, ohne sie zu schälen, kraftvoll hinein. *Knurps, knurps*. So wie die Frau im lila Rock in den Apfel. Beim ersten Bissen war noch kein Fruchtfleisch dabei, aber nach und nach füllte süßer Saft meinen Mund.

Ich aß wie von Sinnen. Obwohl ich beim Spielen nur zugesehen hatte, war meine Kehle wie ausgedörrt.

Da sie sich mit der Begründung, sie habe zu viel Fangen gespielt, jetzt täte ihr der ganze Körper weh, schlecht beurlauben lassen kann, wird sie auch heute, ihrem zweiten Arbeitstag, ab morgens wieder ordentlich gedrillt.

»Aber sag's nicht weiter, ja?«, hört man ab und zu Chief Tsukada hinter geöffneter Tür. Offenbar wird die Frau im lila Rock auch in die »Tipps & Tricks, sich die Arbeit zu erleichtern« eingewiesen. Das beweist, wie sehr ihr beflissenes Nicken und Notieren selbst kleinster Kleinigkeiten von Chief Tsukada, die sich immer brüstet, ihr Wissen »niemals an faule Eier« weiterzugeben, geschätzt wird. Wenn sie so weitermacht, braucht sie nicht einmal einen Monat für den Stempel »Training erfolgreich absolviert«. Hat man es erst einmal so weit geschafft, arbeitet man die meiste Zeit allein. Und wenn jemand allein ist, ist es natürlich viel einfacher, ihn anzusprechen.

Auch heute verpasse ich wieder die Gelegenheit, mich vorzustellen.

Als ich die Frau im lila Rock zum Ende der Mittagspause in der Kantine allein eine Tasse Tee trinken sehe, hätte ich die Chance dazu. Aber bevor ich mich dazu durchringen kann, sie anzusprechen, taucht von irgendwoher der Facility-Manager auf und schnappt mir den Platz weg. In seiner Funktion als Facility-Manager will er sich vermutlich ein Stimmungsbild von der neuen Mitarbeiterin machen.

»Und? Wie gefällt Ihnen die Arbeit? Kommen Sie klar?«, fragt er.

»Ja, vielen Dank. Sehr gut«, antwortet die Frau im lila Rock lächelnd.

»Gott sei Dank«, sagt der Facility-Manager und senkt die Stimme. »Ich hatte schon die Befürchtung, aber das nur zwischen uns, dass die Chiefs Ihnen das Leben schwermachen könnten.«

»Keineswegs. Sie sind alle sehr freundlich«, sagt die Frau im lila Rock.

»Da bin ich ja beruhigt. Unsere Leute, müssen Sie wissen, sind alle ein bisschen ... *eigen*. Insbesondere die Chiefs. Da sind ein paar echte Marken dabei.«

»Da haben Sie vielleicht nicht ganz unrecht.«

»Tsukada-san zum Beispiel ...«

»Das stimmt ... (kicher).«

»Oder Hamamoto-san. Oder Tachibana-san. Oder Shinjo-san. Oder Hori-san. Oder Miyaji-san. Und Nakatani-san. Oder Okita-san. Oder Nonomura-san. Eigentlich alle. Alle ... *extrem*.«

»Extrem? ... (kicher).«

»Ein einziger Zoo.«

»Zoo? Ich bitte Sie! (kicher, kicher).«

»Haben Sie sich die Gesichter und Namen schon gemerkt?«

»Von den Chiefs, meinen Sie? Nein, noch nicht ...«

»Na ja, das kommt noch. Abgesehen von Tsukada-san wechselt die Besetzung auf der Trainingsetage ja auch ständig.«

»Ja.«

»Aber gut. Ich freue mich jedenfalls, dass Sie zurechtkommen. Die jungen Damen, denen das nicht gelingt, hören sofort auf. Und das scheint bei Ihnen ja nicht der Fall zu sein. Ganz im Gegenteil, so wie Tsukada-san Sie lobt.«

»Chief Tsukada ist sehr freundlich.«

»Sie wird sich freuen, das zu hören. Oh, schon so spät?«

Der Facility-Manager erhebt sich, zieht am Getränkeautomaten zwei Dosen Kaffee und kommt wieder zurück.

»Bitte.«

»Für mich? Aber …«
»Frohes Schaffen.«
»VIELEN DANK!«
»*Hahaha* … So ist es gut. Prüfung bestanden.«

Am folgenden Tag habe ich frei. Aber da die Frau im lila Rock arbeiten muss, entschließe ich mich, auch zur Arbeit zu gehen. Die Frau im lila Rock steigt zur selben Zeit wie gestern in den Bus und steht zur selben Zeit an der Stechuhr. Um ein Haar stempele ich auch, kann mich aber gerade noch bremsen.

Obwohl ich hergekommen bin, habe ich nicht die geringste Lust, zu arbeiten. Ich bin ja für heute auch nicht vorgesehen, ich habe frei. Was ich hier will? Die Frau im lila Rock bei der Arbeit beobachten. Und – wenn es sich ergibt – mich vorstellen natürlich.

In dem Moment, als ich den Umkleideraum betrete, wird mir allerdings bewusst, dass ich einen schweren Fehler begangen habe.

Ich habe meine Uniform vergessen. Ohne Uniform komme ich nicht auf die Etage. Ich habe sie gestern wie immer vor einem freien Tag mit nach Hause genommen, sie heute Morgen gewaschen und, bevor ich hergekommen bin, zum Trocknen auf den Balkon gehängt.

Wie konnte mir das nur passieren? In Zivil kann ich hier nicht herumspazieren, und um mir eine Ersatzuniform zu besorgen, müsste ich im Büro vorsprechen.

Obwohl ich – völlig planlos – gerade erst angekommen bin, setze ich mich wieder in den Bus und fahre nach Hause zurück. »Wie gut«, denke ich zwischendurch, »dass ich eine Monatskarte habe.«

Zu Hause sehe ich ein bisschen fern, dann mache ich einen Mittagsschlaf. Als ich wieder wach werde, dämmert es schon. Faul bleibe ich noch ein Weilchen liegen. Kurz bevor die Läden in der Passage schließen, raffe ich mich auf.

Ich bummle durch den Obst- und Gemüseladen, die Drogerie und den Hundert-Yen-Shop. In Tatsumis Getränkehandel gehe ich nicht. Ich benutze stattdessen den Automaten vor der Tür. Während ich vor dem *Frisch & Fertig* stehe, einem Geschäft für Fertigbeilagen, und noch überlege, welche der beiden reduzierten Packungen ich kaufen soll, fällt mein Blick auf die Frau im lila Rock.

Ich bin überrascht. Dass wir uns um diese Zeit über den Weg laufen würden, hätte ich nicht gedacht. Wenn ich mich nicht irre, lag die Auslastung heute zwischen dreißig und vierzig Prozent. Die Frau im lila Rock müsste also längst fertig und zu Hause sein.

Die Entfernung zwischen ihr und mir beträgt gut und gerne zehn, zwölf Meter. Doch irgendetwas an ihrem Gang ist anders. Von dem Rhythmus und der Geschwindigkeit, mit der sie sonst die Passage durchquert, ist nicht das Geringste zu spüren. Das liegt vielleicht daran, denke ich zuerst, dass um diese Zeit so wenig los ist, aber selbst dafür bewegt sie sich extrem langsam.

Wahrscheinlich hat Chief Tsukada sie an ihrem

dritten Arbeitstag so richtig gescheucht. Je näher sie kommt, desto deutlicher sehe ich den glasigen Blick und die hängenden Wangen.

Was wohl passiert ist?

Heftige Reue überkommt mich, als ich an mein Verhalten vom Morgen denke. Wie konnte ich nur den Fernseher einschalten und mich hinlegen? Warum bin ich nicht zurück zur Arbeit gefahren? Ich hätte meine Uniform, trocken oder nicht, in die Tasche stopfen und wieder zurückfahren müssen. *Das* hätte ich tun müssen. Einfach wieder zurück. Ich habe doch eine Monatskarte.

Die Frau im lila Rock schwankt. Wer jetzt versuchen würde, mit ihr zusammenzustoßen, würde definitiv *nicht* scheitern, schießt es mir durch den Kopf. Nur jetzt versucht es natürlich niemand. Die Frau im lila Rock geht langsam an mir vorbei und torkelt weiter Richtung Apartment.

»Die hat aber geschwankt! Ob sie Hilfe braucht?«, fragt der Kunde, der neben mir steht, den Inhaber vom *Frisch & Fertig*, als die Frau im lila Rock vorbei ist.

Der Inhaber vom *Frisch & Fertig* sieht ihr nach und sagt: »Solange sie noch auf zwei Beinen geht, muss man sich keine Sorgen machen.« Weder der Kunde noch der Inhaber des *Frisch & Fertig* sind sich bewusst, dass es die Frau im lila Rock war, die eben vorbeigegangen ist.

Den folgenden Tag verbringe ich in Unruhe.

Die Frau im lila Rock hat frei. Es ist ihr erster freier Tag, seit sie am Montag als Reinigungskraft angefangen hat. So wie sie gestern Abend ausgesehen hat, dürfte sie den heutigen Tag im Bett verbringen. Ob das reicht, sich wieder zu erholen? Ich hätte Chief Tsukada gerne gefragt, was gestern passiert ist, aber ausgerechnet die hat heute natürlich auch frei.

Meine größte Sorge ist, dass die Frau im lila Rock nach ihrem freien Tag nicht wieder zur Arbeit kommt. Sie wäre nicht die Erste, die nach zwei, drei Tagen einfach wegbleibt. Ganz im Gegenteil!

Ich hoffe, bei der Frau im lila Rock ist das nicht der Fall. Dass sie jetzt, wo man sie endlich eingestellt hat, nicht gleich aufgibt. Wenigstens, bis wir Freundinnen geworden sind.

Als ich sie am nächsten Morgen vorne an der Bushaltestelle sehe, fällt mir ein Stein vom Herzen.

Im Vergleich zu vorgestern sieht sie viel besser aus. Ihre Haltung ist stramm und ihr Blick wieder klar.

Der Bus ist schon voll, als er kommt. Er ist *immer* schon voll, wenn er kommt, aber nimmt man einen Bus später, kommt man zu spät, es hilft also nichts. Die Frau im lila Rock ist schon eingestiegen. Zierlich, wie sie ist, hat sie sich an einem Mann im Anzug vorbei hineingeschlängelt.

Einige von denen, die vor mir in der Warteschlange stehen, entscheiden sich kurzerhand für ein Taxi und sprinten zum Taxistand. Zum Glück! Sonst hätte ich als

Letzte in der Schlange nicht mehr einsteigen können. Dem Beispiel der Frau im lila Rock folgend, mache ich mich klein und tauche unter dem Rucksack eines Oberschülers hindurch in den Bus.

Die Frau im lila Rock ist zwischen Anzugmännern eingekeilt. Ich sehe nur einen Teil ihres Gesichts und ihre rechte Schulter. Ein Mann im Anzug schnuppert an ihrem Haar. Anscheinend hat sie es wieder mit *Fresh Floral* gewaschen. Vielleicht sogar heute Morgen. Viel dürfte von den Proben nicht mehr übrig sein. Ob sie dann zu ihrem alten Strubbelkopf zurückkehrt? Dann würde niemand mehr an ihrem Haar schnuppern. Dann würde – ganz natürlich – Raum um ihren Kopf entstehen, ich könnte ihr ganzes Gesicht sehen, und irgendwann wäre es so weit, dass wir uns gegenseitig mit einem »Nanu? Guten Morgen. Ich wusste ja gar nicht, dass Sie auch diesen Bus nehmen« begrüßen.

Heute können wir uns nicht begrüßen. Heute kann ich, eingezwängt, wie ich bin, nur das Reiskorn an ihrer Schulter betrachten, das mich schon die ganze Zeit stört.

Ein eingetrocknetes Reiskorn. Nachdem Chief Tsukada es ihr gesagt hat, isst die Frau im lila Rock jetzt wahrscheinlich morgens Reis. Vielleicht klebt ihr das Reiskorn schon seit Tagen an der Schulter. Ich würde es ihr gerne abzupfen, aber so eingepfercht, wie ich bin, habe ich schon Mühe, meine Finger zu rühren.

In dem Moment, als meine Hand sich so weit vorgearbeitet hat, dass ich die Schulter der Frau im lila Rock fast erreicht habe, macht der Bus eine Vollbremsung. Der Wagen schwankt. Anstatt des Reiskorns an ihrer Schulter erwische ich ihre Nase.

»Hmph.«

Die Frau im lila Rock macht einen merkwürdigen Laut. Erschrocken ziehe ich die Hand zurück.

Der Bus erreicht die nächste Haltestelle. Böse sieht sich die Frau im lila Rock zwischen den aussteigenden Fahrgästen um. *Wer hat es gewagt, mir in die Nase zu zwicken?,* scheint ihr Gesicht zu sagen.

»Du!«

Gerade als ich denke, dass sie ihren anklagenden Blick auf mich gerichtet hat, geht sie dem Mann im Anzug neben mir an den Kragen.

»Was fällt Ihnen ein, mir an den Hintern zu fassen?«, fährt sie ihn an. »Hilfe! Ein Grapscher!«

Der Mann, auf den die Frau im lila Rock mit dem Finger zeigt, gibt etwas Unverständliches von sich, »ein Grapscher zu sein« bestreitet er allerdings nicht.

Im Nu ist er von Fahrgästen umringt.

Der Busfahrer, der die Lage erkannt hat, macht vor der nächsten Police Box eine Vollbremsung.

Sobald die Türen aufgegangen sind, steigt die Frau im lila Rock aus. Hinter ihr zerren Fahrgäste den Mann aus dem Bus. Sobald die Türen wieder zugegangen sind, fährt der Bus weiter, als ob nichts gewesen wäre. Durch die Heckscheibe ist zu sehen, wie die Frau im lila Rock den mutmaßlichen Grapscher der Polizei übergibt.

Folglich kommt die Frau im lila Rock heute zwei Stunden zu spät. »Kaum angefangen und fehlt schon unentschuldigt.« »Es ist immer dasselbe.« »Die kommt nicht mehr, wetten?«, zerreißen sich die Mitarbeiter, während sie nach dem Morgenmeeting auf den Fahrstuhl warten, eifrig die Mäuler.

»Es gibt bestimmt eine Erklärung«, mischt sich Chief Tsukada ein. »Das ist keine, die einfach so aufhört. Ohne etwas zu sagen.«

»Meinen Sie?«, fragt eine vom Senior Staff. »Ich glaube, es ist das Übliche.«

»Nein. Die ist anders«, sagt Chief Tsukada.

»Das denke ich auch«, sagt Chief Hamamoto.

»Sie auch, Chief Hamamoto?«

»Ja. Sie hat sich beim Training so viel Mühe gegeben …«

»Das sind genau die, die ohne ein Wort aufhören«, sagt eine andere vom Senior Staff.

Chief Tsukada schüttelt den Kopf. »Wer über Jahre Mitarbeiter anlernt, entwickelt ein Gespür dafür, wer aufhört und wer nicht. Ist doch so, oder? Chief Hamamoto.«

»So ist es«, sagt Chief Hamamoto.

»Ich weiß nicht. Ich bin mir da nicht so sicher …«

»Außerdem gefällt ihr die Arbeit. Hat sie selbst gesagt. Stimmt doch, oder? Chief Hamamoto, Chief Tachibana.«

»Ja, das stimmt«, sagt Chief Hamamoto.

 »Hat sie gesagt«, sagt auch Chief Tachibana.

»Wir waren nach der Arbeit noch was trinken«, sagt Chief Tsukada. »Vorgestern waren doch so wenig Zimmer belegt. Und da wir schon um drei Uhr fertig waren, sind wir im Anschluss zu viert in das Kushikatsu-Lokal am Bahnhof gegangen.«

»Zu viert?«

»Zu viert, ja. Chief Okita, Chief Nonomura und Chief Hori hatten ja frei an dem Tag.«

»Und … Chief Gondo?«, fragt eine vom Senior Staff – aus Rücksicht auf mich wahrscheinlich – leise.

»Die trinkt doch nichts«, sagt Chief Tsukada. »Warum soll ich sie in die Verlegenheit bringen, abzulehnen?«

»Genau. Außerdem hatte Chief Gondo vorgestern auch frei«, sagt Chief Tachibana.

»Ach, wirklich? Ich meine, ich hätte sie gesehen.«

»Ja? Das musst du dir einbilden. Chief Shinjo hat sich doch noch beschwert, dass *sie* die Amenities checken muss, weil Chief Gondo frei hat.«

»Ach so …«

»Und als wir da so zusammensaßen, in dem Lokal, da hat sie es gesagt. Diese Arbeit, hat sie verkündet, die macht mir Spaß. Die würde ich am liebsten nie wieder aufgeben«, sagt Chief Tsukada.

»Was? Die muss betrunken gewesen sein.«

»Nun, ganz nüchtern war sie nicht mehr …«

»Ach, dann liegt sie bestimmt noch verkatert im Bett.«

»Aber wir waren doch vorgestern etwas trinken.

Wenn überhaupt hat man doch am nächsten Tag einen Kater.«

»Nicht unbedingt. Wenn sie ordentlich getrunken hat … wer weiß, dann ist sie vielleicht immer noch verkatert.«

»Redest du von ihr oder von dir, Chief Hamamoto?«

»Ich bitte dich. So viel wie Chief Tachibana habe *ich* nicht getrunken.«

»Ich?? Also ich muss doch sehr bitten. Getrunken habe ich schon, das stimmt, aber im Vergleich zu der Menge von Highballs, die Chief Hamamoto sich genehmigt hat, praktisch nichts.«

»Ach was. Das waren doch nur ein paar Drinks. Du dagegen hast das Zeug ja gleich pur getrunken.«

»Ach ja?«

»Also bitte … Es war Ladies Day. Wir haben *alle* zu viel getrunken.«

»Und du am meisten, Chief Tsukada!«

Hahahaha. Gerade als die drei Chiefs in Gelächter ausbrechen, ruft der Facility-Manager vom anderen Ende des Flurs nach Chief Tsukada.

»Chief Tsukadaaaaa. Soeben hat Frau Hino angerufen. Sie kommt heute ein wenig später, sagt sie.«

Chief Tsukada signalisiert dem Facility-Manager mit beiden Armen, dass sie verstanden habe, und dreht sich triumphierend wieder um.

»Was hab ich euch gesagt? Die fehlt nicht unentschuldigt.«

Offenbar hat die Frau im lila Rock von der Police Box aus angerufen und dem Facility-Manager die Situation erklärt. Mit einer Verspätung von zwei Stunden kommt sie zur Arbeit. Der Facility-Manager spendiert ihr einen Dosenkaffee.

»Ihr Tag hat ja turbulent angefangen …«

Nachmittags drei Uhr. Die Frau im lila Rock, die heute erst später in die Kantine hinuntergekommen ist, nimmt mit beiden Händen den Kaffee entgegen und verbeugt sich.

»Entschuldigen Sie bitte die Umstände.«

»Umstände?! Ich bitte Sie!«, sagt der Facility-Manager. »Sie sind das Opfer, Sie brauchen sich nicht zu entschuldigen. Wenn sich hier einer zu entschuldigen hat, dann dieser Grapscher! Dieser Lüstling! Dafür habe ich – auch als Mann – nicht das geringste Verständnis. Er hat Ihnen bestimmt Angst gemacht.«

Die Frau im lila Rock nickt.

»Vielleicht sollten Sie morgens einen anderen Bus nehmen. Diesen Kerl hat die Polizei ja Gott sei Dank geschnappt, aber wer will garantieren, dass es der letzte war, der Sie belästigt.«

»Das stimmt … Aber die anderen Busse fahren so ungünstig. Wenn ich einen früher nehme, bin ich zu früh, und einen später zu spät.«

»Das ist in der Tat ein Problem.«

»Aber machen Sie sich keine Sorgen. Im Falle des Falles helfen mir der Busfahrer und die anderen Fahrgäste.«

»Sind Sie sicher? Ich weiß nicht …«

»Doch, wirklich. Machen Sie sich keine Sorgen.«

»Ich mache mir aber welche. Heute Morgen habe ich mir auch welche gemacht. Letztlich sind Sie ja gekommen, aber bis zum Meeting hatte ich nichts von Ihnen gehört, und ich habe Ihnen doch erzählt, dass viele nach ein paar Tagen einfach nicht mehr zur Arbeit kommen.«

»So etwas würde ich nie tun.«

»Ich weiß. Und die Chiefs wissen es auch. Sie waren vorgestern zusammen noch etwas trinken, habe ich gehört …«

»Ja, die Chiefs waren so freundlich, mich nach der Arbeit einzuladen.«

»Sie sollen ganz schön trinkfest sein. Sieht man Ihnen gar nicht an …«

»Trinkfest? Ich? Wer sagt denn so was?«

»Das sollte ein Kompliment sein. Auf *die* Frau, dachte ich, ist Verlass. Die verträgt was, und arbeiten kann sie auch.«

»Von ›vertragen‹ kann keine Rede sein. Ich wurde, wie soll ich sagen, praktisch abgefüllt … mir war zwischendurch schon schummrig. Keine Ahnung, wie ich überhaupt nach Hause gekommen bin.«

»Was? Da hätte Ihnen ja alles Mögliche passieren können!«

»Und was die Arbeit angeht, also, das habe ich alles Chief Tsukada zu verdanken. Wenn die mich nicht so gut anleiten würde …«

»Hahaha. Das werde ich ihr sagen. Sie wollen in ihre Fußstapfen treten, habe ich gehört.«

»Um Himmels willen! Das habe ich nie gesagt.«

»War nur ein Scherz! Wobei, nicht ganz.«

»Bitte?«

»Ich könnte Sie mir gut als Inhouse-Trainer vorstellen, aber das muss noch unter uns bleiben.«

»Mich?«

»Nicht sofort natürlich. Aber möglichst bald. Sobald Sie das Training abgeschlossen haben, möchte ich, dass Sie sich zum Chief weiterbilden.«

»Aber … Meinen Sie, ich könnte das?«

»Aber sicher. Seien wir mal ehrlich, die Arbeit eines Chiefs ist leicht. Sehen Sie sich die Damen doch an. Keine ist gestresst. Ganz im Gegenteil! Einige denken sogar, dass sie es als Chief etwas langsamer angehen lassen können. Sie, liebe Frau Hino, sollen frischen Wind reinbringen. Das würde den Damen sicher guttun. Als Chief, das will ich gleich dazusagen, erhalten Sie keine Vorzugsbehandlung. Es gibt keine Zulagen, die Uniform ist dieselbe. Ich glaube, Sie bekommen pro Stunde nur dreißig Yen mehr als die normalen Reinigungskräfte. Wenn Sie lange genug dabeibleiben, gibt es allerdings noch die Möglichkeit, fest angestellt zu werden. Und je nachdem, wie Sie die Prüfung bestehen, kommen Sie vielleicht in unserer Mutterfirma unter. Tsukada-san hat mir erzählt, sie hätten verkündet, Sie wollten diese Arbeit nie wieder aufgeben.«

»Verkündet?!«

»Also … wie soll ich sagen? Ich habe mich gefreut, als ich das gehört habe. *Sehr* gefreut.«

»Ich …«

»Ja. *Sehr* gefreut.«

Ungeduldig lausche ich dem Gespräch der beiden. Ich will wissen: Erzählt die Frau im lila Rock, dass ihr jemand im Bus in die Nase gezwickt hat, oder erzählt sie es nicht.

Ob sie meint, dass der Typ, der ihr an den Hintern gefasst hat, sie auch gleich in die Nase gezwickt hat? Hat er nicht. *Ich* war das!

Entschlossen stelle ich mich am nächsten Morgen in die Warteschlange an der Bushaltestelle. Ich werde der Frau im lila Rock noch einmal in die Nase zwicken, habe ich mir vorgenommen. Gestern hat sie von allen Seiten Trost bekommen. *Du bist belästigt worden? Du Arme. Was für ein schrecklicher Start in den Tag!*

»So ist es!«, hat die Frau im lila Rock jedes Mal leichthin geantwortet. »Im Bus hat mir einer an den Hintern gefasst.«

Soviel ich weiß, hat sie nicht *einem* erzählt, dass sie auch in die Nase gezwickt wurde. Dabei habe ich sie genau da gezwickt: in die Nase! Oder habe ich sie verfehlt? Beziehungsweise jemand anders in die Nase gezwickt? Ich weiß es nicht. *So* ist meine Tat jedenfalls nichts wert.

Also werde ich sie einfach noch einmal zwicken. Und

dieses Mal mache ich es richtig. Ich werde meine Nägel so fest in ihre Nase schlagen, dass Blut kommt.

Die Frau im lila Rock wird sich womöglich furchtbar aufregen und mich aus dem Bus zerren. Aber das macht nichts. Sobald ich mich anständig vorgestellt habe, werde ich mich entschuldigen, sie wird mir verzeihen, und dann werden wir Freundinnen.

So weit, so gut, doch heute taucht die Frau im lila Rock einfach nicht auf.

Ich lasse den Bus um acht Uhr zwei fahren und setze ich mich auf die Bank. Wenn ich den nächsten nehme, komme ich definitiv zu spät.

Aber selbst als *der* vorfährt, ist von der Frau im lila Rock noch nichts zu sehen. Sie wird doch wohl nicht frei haben, denke ich und prüfe hastig meine Notizen, aber nein, ihr nächster freier Tag ist Montag, nicht heute.

Letztendlich warte ich eine Stunde, aber die Frau im lila Rock taucht nicht auf.

Da ich das Morgenmeeting verpasst habe, checke ich am Whiteboard im Büro die Bettenbelegung und die Zahl der geblockten Zimmer. Bei »Anmerkungen« stehen – hingeschmiert vom Facility-Manager – die Fehler von gestern (Zimmer 210, Tee auffüllen vergessen; Zimmer 709, Seifenreste in Badewanne; Zimmer 811, Fenster nicht verriegelt) nebst dem üblichen Kommentar (Amenities: Unregelmäßigkeiten im Bestand! Jeder Schwund ist unverzüglich dem Chief in Charge zu melden!). Nachdem ich gestempelt habe, prüfe ich die Zeitkarte der Frau im lila Rock. In der Spalte »Dienstbeginn« steht dieselbe Zeit wie am zweiten Tag. Acht Uhr fünfzig.

Wie kann das sein? Ist sie mit der Bahn gekommen? Selbst dafür hätte sie – bis zum Bahnhof – mit dem Bus fahren müssen. Sie wird doch wohl kein Taxi genommen haben. Das würde, pro Fahrt, um die dreitausend Yen kosten. Schwer vorzustellen, dass sie solch einen finanziellen Spielraum hat. Das bedeutet … dass sie zu Fuß gelaufen ist?! Zu Fuß braucht man für einen Weg bestimmt zwei Stunden, mindestens. Dann wäre sie erledigt, bevor sie mit der Arbeit überhaupt angefangen hätte. Tatsächlich ist die Frau im lila Rock heute aber noch munterer als sonst.

In der rechten Hand ein Putztuch, in der linken einen Staubwedel wirbelt sie, als ich durch die Tür spähe, durchs Zimmer.

»Ja-haa!«, erwidert sie frisch und fröhlich auf jedes »Etwas flotter!« oder »Nicht zu flüchtig!« von Chief Tsukada. Davon angesteckt werden auch die Anweisungen von Chief Tsukada zunehmend lebhafter.

»Nur noch fünf Minuten! Beeil dich. Ab morgen bist du auf dich allein gestellt!«

»Ja-haa!«

Bei Dienstschluss erhält die Frau im lila Rock von Chief Tsukada den Stempel »Training erfolgreich absolviert«.

 Ich hätte nicht gedacht, dass sie das Training in nur

fünf Tagen absolviert. Die meisten brauchen einen oder zwei Monate dafür, manche sogar über ein halbes Jahr. Auch der Facility-Manager und die anderen Mitarbeiter sind beeindruckt.

Und die Frau im lila Rock? Nun, der scheint die Tatsache, so schnell als vollwertige Reinigungskraft anerkannt worden zu sein, eine gehörige Portion Selbstvertrauen verliehen zu haben. Mit dem von der Hüfte baumelnden Generalschlüssel sieht sie richtig stolz aus.

Alle Mitarbeiter, kann man sagen, nicht nur die Frau im lila Rock, bewegen sich, sobald sie den Stempel »Training erfolgreich absolviert« haben, leichtfüßiger, als wäre ihnen eine Last von den Schultern genommen worden. Vorher werden sie strengstens kontrolliert und drangsaliert, manchmal sogar tyrannisiert, und müssen jeden Handgriff so lange üben, bis der Chief zufrieden ist. Sie werden förmlich zusammengestaucht. Vollwertige Reinigungskraft zu werden, bedeutet, frei zu sein. Man schließt das Gästezimmer allein auf, reinigt es allein, verlässt es allein und schließt es allein wieder ab. Vom Anfang bis zum Ende ist man allein. Natürlich hat man auch den Druck der alleinigen Verantwortung, aber den wiegt die Freiheit mehr als auf. Bei der Frau im lila Rock hat sich nicht nur die Einstellung zur Arbeit verändert, sondern auch das Freizeitverhalten.

Sie geht jetzt häufiger aus dem Haus. Natürlich nur in die Passage oder in den Park, wohin sonst?

Auch heute macht sie die übliche Runde. Nachdem sie in der Passage ein paar Lebensmittel und andere Dinge des täglichen Gebrauchs gekauft hat, geht sie in den Park.

»Da ist sie!«

Die Kinder sind schon da.

Als sie die Frau im lila Rock in den Park kommen sehen, laufen sie zu ihr.

»Hast du sie mitgebracht?«

»Habe ich«, sagt sie und nickt. Die Kinder brechen in Jubel aus. Sie ziehen die Frau im lila Rock zu ihrer Bank. Sie nimmt Platz. Die Kinder umringen sie.

Was die Frau im lila Rock, angefeuert von den Kindern – »Schnell! Schnell!« –, aus der Tasche zieht, ist eine Schachtel Pralinen.

»Darauf haben wir uns gefreut!«

Sobald der Anführer die rechteckige braune Schachtel in Händen hält, scharen sich die Kinder um ihn. »Ich will auch eine!« »Ich auch!«

»Jeder kriegt eine«, sagt die Frau im lila Rock entspannt. »Es ist genug da.«

Die Kinder sind so aufgeregt, dass sie nichts davon mitbekommen, und reißen sich die Schokolade bald gegenseitig aus den Händen.

Jede einzige dieser aus den feinsten Kakaobohnen der Welt und bester Hokkaido-Milch hergestellten Pralinen kostet sage und schreibe neunhundertachtzig Yen. Die Schachtel ist mit einer Grußkarte des Chocolatiers versehen, den Deckel ziert das Logo des Hotels

(M & H, darunter Pegasus mit einer Blumengirlande um den Hals).

»Lecker!« »Die zergehen ja auf der Zunge!« Selig verspeisen die Kinder die Pralinen, als würden sie den Unterschied schmecken zwischen dieser und der Billigschokolade von Tirol, die sie sonst immer bekommen. Die Frau im lila Rock betrachtet sie wie die heilige Mutter Gottes persönlich.

Als die Kinder hören, dass die Frau im lila Rock arbeitet, sind sie platt. Wie viele andere – mich eingeschlossen – auch, haben sie wohl gedacht, die Frau im lila Rock wäre arbeitslos. Wer sonst sollte werktags schon ab Mittag durch die Gegend streifen?

»Nun ja, ich arbeite nicht *immer*. Manchmal arbeite ich auch nicht«, erklärt die Frau im lila Rock den erstaunten Kindern verlegen.

Sie putze, antwortet sie auf die Frage, was sie denn arbeiten würde.

»So eine Arbeit gibt es?«, wird sie gefragt.

»Gibt es«, antwortet sie.

»Du musst nur putzen und bekommst Geld?«

»So ist es.«

»Das ist gemein! Ich putze auch jeden Tag, mein Zimmer und den Hauseingang, aber Geld habe ich dafür noch nie bekommen!«

»Ich helfe nicht meiner Mama im Haushalt, ich bin eine professionelle Reinigungskraft«, sagt die Frau im lila Rock korrekterweise.

»Wenn ich groß bin, werde ich auch professionelle Reinigungskraft«, sagt ein Mädchen.

»Ich auch!«

»Ich auch!«

»Ich auch!« Überall schießen Hände in die Höhe.

»Lasst uns doch zusammenarbeiten!«

»Gute Idee!«

»Ihr könnt bei uns anfangen«, sagt die Frau im lila Rock. »Kennt ihr das große Hotel am Bahnhof? Das weiße Gebäude, an dem ganz oben groß M & H steht? Da arbeite ich. Wenn ihr groß seid, könnt ihr auch dort arbeiten.«

»M & H? Das kenne ich.«

»Das sieht man aus der Bahn, stimmt's?«

»Genau. Das sieht man aus der Bahn, und aus dem Bus sieht man es auch. Ein ganz feines Hotel, in dem auch manchmal Stars aus Film und Fernsehen übernachten.«

»Echt? Stars aus Film und Fernsehen?«

»Letzte Woche war zum Beispiel Akira Mine da.«

»Der Schlagersänger?«

»Genau. Und vorgestern die Schauspielerin Reina Igarashi.«

»Reina Igarashi? Krass!!«

»Ist sie schön?«

»Hm … normal würde ich sagen.«

»Hast du's gut! Reina Igarashi würde ich auch gerne mal sehen. Du-u? Meinst du, ich kann auch professionelle Reinigungskraft werden?«

»Na klar.«

»Und ich?«

»Du auch. Es dauert ein bisschen, bis man sich daran gewöhnt, aber wenn man den Bogen einmal raushat, ist es ganz leicht.«

»Ist die Arbeit nicht schwer?«

»Das ein oder andere kommt dir vielleicht schwer vor, aber wie gesagt, irgendwann kann es jeder. Keine Bange. Ich arbeite euch ein, wenn ihr bei uns anfangt.«

Der Facility-Manager hat ihr eine »Beförderung« gerade erst in Aussicht gestellt. Obwohl sie ihm gegenüber so herumgedruckst hat, hat sie sich insgeheim wohl gefreut. So vollmundig, wie sie dies und das verspricht, würde man jedenfalls nicht meinen, dass sie gerade erst als Hotelreinigungskraft angefangen hat.

»Kann ich die haben?«, fragt der Junge, die leere Schachtel in der Hand, als die Pralinen aufgegessen sind.

»Klar. Wofür brauchst du sie?«

»Meine Mama sammelt Bellmark-Punkte, und ihre Schachtel quillt schon über.«

»*Ich* will sie aber!«

»Nein. Sie gehört jetzt mir.«

»Lass nur, Mika-chan. Ich bringe dir demnächst auch eine mit«, sagt die Frau im lila Rock zu dem Mädchen.

»Wann demnächst?«

»Sobald ich wieder an Schokolade komme. Genauer kann ich es dir nicht sagen.«

»Ich will auch eine!«

»Du kriegst auch eine, Mokkun, aber erst ist Mikachan dran, einverstanden?«

»Aber nicht vergessen!«

»Dieses Bild kommt mir irgendwie bekannt vor«, sagt an dieser Stelle eines der Mädchen und schielt auf die Schachtel in der Hand des Jungen. »Wo hab ich das bloß gesehen?«

»Das ist unser Logo«, sagt die Frau im lila Rock. »Das findet sich auf allen Produkten des Hotels, auf den Keksen, die ich euch mitgebracht habe, und auf der Schachtel vom Baumkuchen. Erinnert ihr euch?«

»Ach so … Und was ist das? Ein Pferd?«, fragt der Junge, den sie eben Mokkun genannt hat.

»Das ist Pegasus«, antwortet die Frau im lila Rock.

»Jetzt weiß ich's!« Das Mädchen, das auf die Schachtel geschielt hat, hebt abrupt den Kopf. »Auf unseren Handtüchern! Das Bild ist auf unseren Handtüchern.«

»Auf euren Handtüchern?«

»Ja. Auf dem Badetuch, auf dem Handtuch und dem Gästehandtuch. Das sind die schönsten und flauschigsten von all unseren Handtüchern.«

»Hm-m. Ich wusste gar nicht, dass man die bei uns kaufen kann …«, sagt die Frau im lila Rock verwundert.

»Wir haben sie nicht im Hotel gekauft. Wir haben sie vom Basar«, sagt das Mädchen.

»Basar?«

»Ja, vom Schulbasar. Da bin ich mit Mama hingegangen, und da haben wir sie gekauft. Kennst du den Basar nicht, Mayu-san?«

»Nein.«

»Echt nicht?«, fragt ein Junge überrascht. »Ich gehe immer hin! Der Basar ist der Hammer. Da gibt's Hotdogs, Spielautomaten …«

»Verstehe.«

»Meine Mama hat mir da Mangas und Sneaker gekauft.«

»Das ist ja toll. Wann findet der Basar denn statt?«

»Jeden Monat am dritten Sonntag. Komm doch das nächste Mal mit!«

»Mal sehen. Wenn ich frei habe, gehe ich vielleicht hin.«

Ich frage mich, wann sie sich vorgestellt haben. Für mich sehen die Kinder alle gleich aus, aber jetzt weiß ich, dass es einen Mokkun gibt und eine Mika-chan. Daneben Yuji, Kanepon und Minami-chan. »Mayu-san« ist die Frau im lila Rock. Anschließend erzählt »Mayu-san« von den Promis, denen sie bei der Arbeit begegnet, und die Kinder werden furchtbar neidisch.

Nach dem erfolgreichen Abschluss ihres Trainings ist die Frau im lila Rock der dreißigsten Etage zugewiesen worden. Das ist das Stockwerk, in dem oft Promis übernachten. Da jede Etage ihr festes Reinigungspersonal hat, komme ich so gut wie nie dahin. Aus diesem Grund ist es mittlerweile fast unmöglich, der Frau im lila Rock bei der Arbeit zu begegnen. In letzter Zeit lerne ich mehr über die Frau im lila Rock, wenn sie in der Passage oder im Park ist.

Seit dem Vorfall mit dem Grapscher fährt die Frau

im lila Rock morgens nicht mehr mit dem Bus. Im Bus nach Hause sehe ich sie, nur morgens merkwürdigerweise nicht. Die anderen Möglichkeiten, zur Arbeit zu gelangen, sind Bahn, Taxi oder eben zu Fuß. Welche davon sie nutzt, ist mir allerdings immer noch schleierhaft. Ihrer Zeitkarte habe ich entnommen, dass sie seit neustem eine Viertelstunde früher kommt als sonst. Wenn ich morgens den Umkleideraum betrete, steht sie meistens schon fertig umgezogen vor dem Spiegel und bürstet sich energisch die Haare. Jedes Mal, wenn die Bürste durch ihr Haar fährt, duftet es nach *Fresh Floral*. Die zweite Woche vergeht, die dritte Woche vergeht, und die Frau im lila Rock duftet immer noch nach *Fresh Floral*, obwohl ich ihr nur fünf Pröbchen gegeben habe.

Neulich habe ich sie dabei beobachtet, wie sie sich in der Drogerie ein Nachfüllpack besorgt hat. Die Tatsache, dass sie sich ein Nachfüllpack besorgt hat, bedeutet, dass sie bereits eine Flasche gekauft hat. Die Proben müssen ihr ausnehmend gut gefallen haben! Dabei braucht sie gar kein Shampoo zu kaufen, sie kann doch welches von der Arbeit mitnehmen. Auch Spülung oder Duschgel oder Seife. Fast alle Mitarbeiter dürften die mit dem Hotellogo bedruckten Fläschchen in ihren Bädern haben. Alle Köpfe verströmen tagein, tagaus denselben Geruch. Die Einzige, die den Duft von *Fresh Floral* verbreitet, ist die Frau im lila Rock.

Chief Tsukada sprach sie neulich darauf an.

»Sag mal, warum benutzt du eigentlich nicht unser Shampoo, Hino-chan?«

»Tja, warum …«, erwiderte die Frau im lila Rock verlegen.

»Probier's doch mal. Es ist gar nicht so schlecht.«

»Ich weiß nicht …«, sagte die Frau im lila Rock und löste ihren Zopf.

»Wieso denn nicht? Erstens kannst du so viel davon nehmen, wie du willst, und zweitens benutzen es alle hier. Also, probier's mal aus.«

»Hm …«, sagte die Frau im lila Rock und warf einen schnellen Blick auf das Fläschchen in Chief Tsukadas Hand. »Ich weiß nicht, der Geruch von dem Shampoo …«

»Geruch?«

»Ja. Finden Sie nicht auch, dass es ein bisschen fischig riecht?«

»Fischig?«

»Ja, nach rohem Fisch … Äh, nicht dass wir uns missverstehen. Nicht *Sie* riechen nach Fisch, sondern das Shampoo. Nur das Shampoo (kicher).«

Die Frau im lila Rock fand das lustig, Chief Tsukada nicht. Mit klopfendem Herzen lauschte ich weiter, doch Chief Tsukada verstaute nur wortlos das Fläschchen in ihrem Spind, während die Frau im lila Rock sich beeilte, das Thema zu wechseln. Der Stimmungsumschwung war ihr wohl nicht entgangen. »Lassen Sie uns demnächst doch noch mal was trinken gehen.« Damit kriegte sie gerade noch so die Kurve.

Nachdem die Frau im lila Rock den Stempel »Training erfolgreich absolviert« erhalten hat, ist sie keine »Neue« mehr. Sobald man vollwertige Reinigungskraft ist, verschwimmen die Grenzen zwischen dienstälteren und -jüngeren Mitarbeitern. Hin und wieder sehe ich sie zusammen mit dem Senior Staff in der Kantine sitzen und tratschen, wobei ich sie, wenn ich ehrlich bin, von weitem kaum von den anderen unterscheiden kann. Frisur, Kleidung, Haltung, Gesichtsausdruck, das Klimpern des von ihrer Hüfte baumelnden Generalschlüssels, wenn sie lacht. Erstaunlich, wie die Frau im lila Rock mit ihrem Umfeld verschmolzen ist.

Wenn ich die Augen zusammenkneife, sehe ich sie allerdings. Ihr wahres Ich, meine ich. Die Frau im lila Rock fühlt sich nicht wirklich wohl. Ihr Mund lacht, aber ihre Augen nicht. Im Gegensatz zu den lebendigen Gesichtern ihrer Kolleginnen umgibt die Frau im lila Rock eine gewisse Melancholie. Um den anderen nicht die Stimmung zu verderben, macht sie gute Miene zum bösen Spiel. Zweimal habe ich sie schon angesprochen, damit sie nicht länger etwas vortäuschen muss. »Du-u« und »Hallo« habe ich gesagt. Beide Male war das Gespräch so lebhaft, dass mich niemand bemerkte.

Die Frau im lila Rock arbeitet hier bald zwei Monate – wie schnell die Zeit doch vergeht! Sie hat sich wohl schon an die Gepflogenheiten gewöhnt, an die guten *und* die schlechten.

Schade, aber nicht zu ändern. An einem Arbeitsplatz, an dem im Wesentlichen Frauen beschäftigt sind, wird meistens bloß getratscht. Selbst wenn einen das Gerede nicht im Geringsten interessiert, bleibt einem nichts anderes übrig, als so zu tun, als würde es das.

Zwar wird jeden Tag über wen anders getratscht, aber das Gerede verstummt nie. Irgendeinen Anlass gibt es immer. Alte Mitarbeiter, neue Mitarbeiter. Ich habe sie schon über alle reden hören. Über die Frau im lila Rock natürlich auch.

»Hino-chan hat sich ganz schön verändert, oder?«

»Ja, total!«

»Findet ihr nicht, dass sie viel besser und glücklicher aussieht?«

»Doch, total!«

»Als sie angefangen hat, war sie immer so blass und bedrückt.«

»Jetzt sieht sie richtig gesund aus.«

»Ich weiß, was du meinst.«

Das ist nett. Die Frau im lila Rock hat sich in den vergangenen zwei Monaten tatsächlich ziemlich verändert. Am meisten wohl im Gesicht. Das ist voller und rosiger geworden. Kurz gesagt: Sie hat ein wenig zugenommen. Dabei isst sie gar nicht so viel. Anfangs hatte ich sogar befürchtet, sie könnte irgendwann zusammenklappen, weil sie in der Mittagspause nur Tee trank.

Neben dem Automaten in der Kantine steht eine Teemaschine, an der sich jeder frei bedienen kann. Das ist der Tee, den die Frau im lila Rock immer trinkt. Schon am ersten Tag sprach sie jemand an, während sie, beide

Hände um den Plastikbecher gelegt, in kleinen Schlucken ihren Tee schlürfte.

»Nanu? Trinkst du nur Tee?« Oder so ähnlich.

Die Frau im lila Rock: »Ja.«

»Bist du etwa auf Diät?«

»Nein.«

»Das ist wirklich zu wenig. Ein bisschen Fleisch auf den Rippen muss sein. Hier. Such dir etwas aus, das dir schmeckt.«

Mal bekam sie einen Doughnut, mal einen Hefekloß, mal ein Milchbrötchen. Bonbons, Kaugummi, Mandarinen und Kekse habe ich auch schon gesehen. Mir ist so etwas noch nie passiert, dabei trinke ich auch jeden Tag Tee. Vielleicht macht es einen Unterschied, ob man ihn im Stehen trinkt oder im Sitzen. Die Frau im lila Rock sitzt immer allein an einem runden Sechsertisch. Von der Seite mutet sie ein bisschen einsam an. Vielleicht ist das der Grund, warum man versucht ist, ihr etwas Gutes zu tun. Der Facility-Manager spendiert ihr jedes Mal eine Dose Kaffee, und dass Chief Tsukada ihr eins von den Reisbällchen überlässt, die es zu den Udon-Nudeln gibt, habe ich auch schon gesehen. Selbst wenn man sich kein Mittagessen mitgebracht hat, wird man einigermaßen satt. Und wenn man von niemandem etwas bekommt, bedient man sich eben im Zimmer. Das weiß auch die Frau im lila Rock.

Manchmal schließt die Frau im lila Rock von innen ab. Das hat sie sich vielleicht vom Senior Staff abgeschaut. Alle machen es, dabei ist es eigentlich nicht erlaubt. Unabhängig davon, wer das Zimmer reinigt, eine vollwertige Reinigungskraft oder eine angehende: Die Tür hat während der Reinigung offen zu bleiben. So lautet die Regel.

Was die Frau im lila Rock hinter der verschlossenen Tür treibt? Nun, sie reinigt natürlich das Zimmer, aber nicht nur das. Sie trinkt den Kaffee vom Willkommenstablett, stibitzt sich den Nuss-Mix beziehungsweise die Schokolade aus der Minibar oder verputzt die Reste von den Sandwiches, die sich die Gäste aufs Zimmer bringen lassen haben. Dann fläzt sie sich aufs Bett und sieht fern, hält im Anschluss ein kleines Nickerchen oder nimmt in der Wanne ein schönes, heißes Fußbad. Womöglich trinkt sie sogar den Champagner. Jedes Mal, wenn sie wieder auftaucht, hat sie jedenfalls etwas im Mund.

Daher das Gerede, sie sähe so »gesund und munter« aus. Die Verwandlung des Strohs auf ihrem Kopf in volles, glänzendes Haar ist auch nicht nur dem neuen Shampoo zu verdanken. Der menschliche Körper muss offenbar nur ausreichend mit Nährstoffen versorgt sein, um volles und glänzendes Haar zu produzieren.

An anderer Stelle ist mir Folgendes zu Ohren gekommen:

»Aus Hino-san ist eine richtige Schönheit geworden«, sagte jemand. »Ob sie sich unters Messer gelegt hat?« Das darf man als Kompliment verstehen, glaube ich.

»Ach was. Das ist Make-up«, sagte eine andere.

»Dann kann sie sich aber sehr gut schminken.«

»Ja, das kann sie.«

»Schnell ist sie auch.«

»Ja, das ist sie.«

»Selbst die eiligen Zimmer könne man ihr überlassen, sagen die Chiefs.«

»Ja, weil sie wirklich schnell ist.«

»Manchmal aber auch ein bisschen zu schnell.«

»Manchmal schon, das stimmt.«

»Regelrecht schlampig, ohne ihr zu nahe treten zu wollen.«

»Da sagst du was.«

»Das muss den Chiefs doch auch schon aufgefallen sein ...?«

»Ist es auch, aber auf ihre ›Hino-chan‹ lassen sie nichts kommen.«

»Findest du nicht auch, dass sie mit den Chiefs anders umgeht als mit uns?«

»Ich weiß, was du meinst. Sie klingt anders.«

»Je nachdem, mit wem sie spricht.«

»Genau.«

»Außerdem hält sie die Wagen nicht in Ordnung.«

»Das kannst du laut sagen! Du kannst darauf wetten, dass irgendetwas fehlt, wenn sie den Wagen vor dir hatte.«

»Neulich war nur eine einzige Seife übrig.«

»Die denkt nur an sich. Nie an den, der den Wagen nach ihr benutzt.«

Nachdem ich das gehört hatte, schlich ich sofort zum Etagenwagen der Frau im lila Rock und sorgte für

Ordnung. Sie selbst hatte längst ausgestempelt. Genau wie die Mitarbeiterinnen gesagt hatten, fand sich auf dem Wagen, den die Frau im lila Rock an diesem Tag benutzt hatte, lediglich *eine* Bürste, und die Duschhauben hatte sie auch nicht aufgefüllt. Das hatte sie vielleicht am nächsten Morgen erledigen wollen, aber da war ihr freier Tag. Meiner übrigens nicht. Seit bald zwei Wochen haben sich unsere freien Tage nicht mehr überschnitten. Dass ich auf die Mitarbeiter angewiesen bin, um auf dem neusten Stand zu bleiben, stört mich, aber lieber das Gerede der Mitarbeiter als gar keine Informationen.

Gerade als ich mich mit dem Gedanken abgefunden hatte, auf den Etagenwechsel im kommenden Monat hoffen zu müssen, kam mir ein neues Gerücht zu Ohren.

Diesmal aus dem Munde eines Chiefs. Das kann nicht sein!, dachte ich sofort. Die Frau im lila Rock habe was mit dem Facility-Manager. Was? Dem Facility-Manager. *Unserem* Facility-Manager? Der Frau und Kind hat? Unmöglich!

»Doch!«, sagte Chief Hamamoto und pulte ein Bonbon aus dem Papier.

»Hast du sie gesehen?«, fragte Chief Tsukada, die eine Packung Cracker aufriss. Sofort durchströmte der Duft von Sojasauce die Wäschekammer.

»Hino-chan fährt morgens neuerdings immer beim Facility-Manager mit. Ein paar der Mädchen haben sie gesehen.«

»Beim Facility-Manager? Ogottogottogott.«

Am nächsten Morgen gehe ich der Sache unverzüglich nach. Und – das nehme ich vorweg: Es stimmt. Die Frau im lila Rock fährt morgens tatsächlich beim Facility-Manager mit. Deshalb taucht sie nicht an der Bushaltestelle auf. Natürlich nicht! Der Facility-Manager holt sie zu Hause ab.

Ob die beiden etwas miteinander haben, weiß ich allerdings nicht. Ich habe nur gesehen, dass der Facility-Manager morgens um acht in einer schwarzen Limousine bei der Frau im lila Rock vorfährt, zweimal hupt, dass sich Sekunden später die Tür von Apartment 201 öffnet, die Frau im lila Rock herausschaut, dem Facility-Manager lächelnd zuwinkt, anschließend vorsichtig die Treppe hinuntersteigt, die Beifahrertür öffnet, einsteigt, mit dem Facility-Manager ein paar Worte wechselt und sich anschnallt, woraufhin der Facility-Manager den Wagen in Bewegung setzt. Mehr nicht.

Dass er sie zur Arbeit mitnimmt, steht also fest.

Aber was ist mit dem Rest? Sie sollen sich während dieser Fahrten morgens nähergekommen sein. Stimmt das?

Sonntag. Nach drei Wochen ist es endlich so weit. Die Frau im lila Rock und ich haben frei. Die Temperatur beträgt einundzwanzig Grad. Die Luftfeuchtigkeit sechzig Prozent. Der Himmel ist schon am Morgen strahlend blau.

Neun Uhr. Die Frau im lila Rock öffnet die Tür ihres Apartments und tritt heraus. Schon von weitem sehe ich, dass sie stärker geschminkt ist als sonst. Auch ihr Haar glänzt seidiger. Ich frage mich, ob sie es am Abend zuvor extra kräftig gebürstet hat. Langsam steigt sie die Treppe hinunter, auf der Straße beschleunigt sie ihren Schritt. Mit klappernden Absätzen nimmt sie Kurs auf die nächste Bushaltestelle.

Sonntags morgens ist die Bushaltestelle verwaist. Der Bus verkehrt nach Sonn- und Feiertagsplan. Zwischen neun und zehn fahren nur zwei.

Wir steigen in den Bus, der Punkt neun Uhr vierzehn vorfährt. Er ist leer. Die Frau im lila Rock nimmt Platz auf dem Einzelsitz in Reihe drei, ich auf der Bank ganz hinten. Seit langem sitzen wir mal wieder im selben Bus. Schon das freut mich irgendwie. Während der Fahrt schaut die Frau im lila Rock zerstreut aus dem Fenster oder mustert sich in dem Handspiegel, den sie aus der Tasche gezogen hat. Nur einmal wirft sie einen Blick auf das nagelneue Handy, das sie sich irgendwann zugelegt haben muss, bevor sie es unverrichteter Dinge wieder in ihre Tasche zurückgleiten lässt.

Um neun Uhr fünfundvierzig erreicht der Bus den Bahnhof. Das ist ihr Ziel. Die Frau im lila Rock bezahlt beim Busfahrer in bar, ich zeige beim Aussteigen meine Monatskarte vor.

Die Frau im lila Rock geht ins angrenzende Einkaufszentrum. Was will sie hier?, frage ich mich, aber das Zentrum ist gar nicht ihr Ziel. Sie geht vom Erdins Untergeschoss und eine andere Treppe hinauf wieder ins Erdgeschoss und steht auf der Straße vor dem

Bahnhof. Hier reihen sich Restaurants und Souvenirläden aneinander, aber um diese Zeit hat nur ein Café geöffnet, überall sonst sind die Rollgitter noch geschlossen. Die Frau im lila Rock drückt die Tür des Cafés auf und tritt ein.

Zwei Kunden sind da. Ein älterer Herr mit grauer Wollmütze, der am Tresen mit dem Master plaudert, und ein Mann mit einer Art schwarzen Baseballkappe auf dem Kopf, der mit dem Rücken zum Eingang am hintersten Tisch sitzt.

Der mit der Baseballkappe ist der Facility-Manager. Als er die Frau im lila Rock bemerkt, faltet er seine Zeitung zusammen und greift nach der Umhängetasche, die er auf den Stuhl gegenüber gelegt hat. Sie ist ebenso schwarz wie die, die er normalerweise mit zur Arbeit bringt.

Die Frau im lila Rock setzt sich auf den freigewordenen Stuhl und bestellt beim Mann hinter dem Tresen einen »schwarzen Tee mit Milch, bitte«. Dann fragt sie den Facility-Manager, was er gegessen habe.

Der Facility-Manager wirft einen Blick auf seinen leeren Teller und sagt: »Das Guten-Morgen-Frühstück mit Omelett.«

»Das klingt gut«, sagt die Frau im lila Rock, nachdem auch sie einen Blick auf seinen leeren Teller geworfen hat.

Fast zeitgleich mit dem Master, der ihren schwarzen Tee mit Milch bringt, schaut der Facility-Manager auf seine Uhr. »Wir müssen«, sagt er.

»Warte. Nur einen Schluck.« Die Frau im lila Rock setzt die Tasse an.

Beim Aufstehen setzt der Facility-Manager die Sonnenbrille auf, die vor ihm auf dem Tisch lag. Von der Form her ähnelt sie der, die ich immer trage, aber seine war wahrscheinlich teurer. Meine habe ich im Hundert-Yen-Shop gekauft.

An der Kasse zahlt der Facility-Manager. Ein Guten-Morgen-Frühstück und den schwarzen Tee mit Milch, insgesamt achthundertachtzig Yen.

Um zehn Uhr zwanzig spazieren die beiden Arm in Arm durch die Straße, wo bereits die ersten Geschäfte die Rollgitter hochgelassen haben. Während der Facility-Manager sich nervös nach allen Seiten umsieht, lässt sich die Frau im lila Rock überhaupt nicht aus der Ruhe bringen. Je nervöser der Facility-Manager wird, desto stärker – so sieht es jedenfalls aus – drückt sie seinen Arm. Nach etwa zehn Minuten Fußmarsch verschwinden sie in einem Gebäude. »Lichtspielhaus Yokota« steht daran. Ein Kino.

Um zehn Uhr fünfunddreißig kauft die Frau im lila Rock im Foyer Cola und Popcorn. Der Facility-Manager langt sofort in die Tüte und schiebt sich eine Handvoll in den Mund.

»He!«, sagt die Frau im lila Rock. Der Facility-Manager lacht. Sobald die beiden das Gebäude betreten, legt sich seine Nervosität.

Sie kaufen Karten für eine Doppelvorstellung: *Speed* und *Dirty Harry*. *Speed* kenne ich. Ich fand ihn, glaube ich, ganz interessant. Genau weiß ich es nicht mehr, es liegt zu lange zurück.

Um zehn Uhr fünfundvierzig beginnt der Film. Zuerst wird *Speed* gezeigt. Langsam erinnere ich mich. Es war keine Bahn mit einer Bombe, sondern ein Bus. Am Ende kommt aber doch noch eine Bahn vor. Die Frau im lila Rock ist so gebannt, dass sie kein einziges Mal in die Popcorn-Tüte greift. Der Facility-Manager hingegen sitzt nicht eine Minute still. Er isst Popcorn, trinkt Cola, kratzt sich im Gesicht, presst seine Nase an die Schulter der Frau im lila Rock und schnuppert daran (so sieht es jedenfalls aus), dehnt seinen Nacken, gähnt herzhaft und schläft schließlich laut schnarchend ein. Die Frau im lila Rock schaut nur einmal in sein schlafendes Gesicht, die übrige Zeit klebt ihr Blick an der Leinwand.

Um zwölf Uhr fünfundvierzig ist der Film zu Ende. Nach einer Viertelstunde Pause geht es um eins mit *Dirty Harry* weiter. Ich bin gespannt. *Den* kenne ich noch nicht.

Im selben Moment stehen der Facility-Manager und die Frau im lila Rock auf. Die wollen bestimmt aufs Klo, denke ich, aber sie kommen nicht zurück. Als ich ins Foyer gehe, um zu schauen, wo sie bleiben, sehe ich sie durchs Fenster Richtung Bahnhof gehen. Hastig nehme ich die Verfolgung auf.

Im Gegensatz zum Morgen ist die Straße voller Menschen. Die Frau im lila Rock gibt dem Facility-Manager eine Kostprobe ihrer Fähigkeiten.

»Schau mal«, sagt sie, dreht ihm den Rücken zu und gleitet durch die Menge wie eine Eiskunstläuferin übers Eis.

»Bravo, hahaha. Bravo!« Der Facility-Manager ist begeistert.

Die Frau im lila Rock dreht sich um, lächelt und wartet. Als er zu ihr aufschließt, gleitet sie weiter. Bleibt wieder stehen, dreht sich um, lächelt und wartet, dass der Facility-Manager zu ihr aufschließt. Das wiederholt sich ein paarmal. Wenn die Frau im lila Rock ihm den Rücken zuwendet, rückt der Facility-Manager seine Kappe zurecht.

Um dreizehn Uhr stehen die beiden nebeneinander vor der Bahnhofsfiliale einer Buchhandelskette und blättern. Der Facility-Manager hat ein Monatsmagazin mit dem Titel *RAMEN Spezial!* in der Hand, die Frau im lila Rock ein Filmmagazin. Sie hat allerdings nur Augen für sein Heft, ihr eigenes würdigt sie keines Blickes. Ich kann ihr Gespräch nicht hören, aber wenn ich ihre Lippen richtig lese, sagt sie: »Das sieht aber gut aus.« Zu Mittag gibt es wohl Ramen.

Um dreizehn Uhr zehn lassen sie den Buchladen hinter sich und steuern eine rund um die Uhr geöffnete Kneipe in einer Hintergasse des Bahnhofsviertels an. Zu Mittag gibt es wohl doch keine Ramen.

»Hallo«, ruft der Facility-Manager den Kellner. Einmal dies, das, dies und das. Die Bestellung übernimmt er. Die Frau im lila Rock schweigt. Hin und wieder höre ich durch das Stimmengewirr der anderen Gäste hindurch den Facility-Manager lachen. Die Stimme der Frau im lila Rock höre ich so gut wie gar nicht. Der Facility-Manager ist hier offenbar Stammgast.

»Machst du mir noch eine Portion Scharfes? Du weißt schon«, ruft er nach etwa einer Stunde nach hinten.

Während ich mich noch frage, welches »Scharfe« er immer bestellt, bringt der Kellner schon eine Portion Bambussprossen.

Der Facility-Manager trinkt gierig. In der Zeit, in der die Frau im lila Rock zwei Sour trinkt, genehmigt er sich sechs Halbe.

»In welcher Beziehung stehen Sie zu der Dame?«, fragt der Betrunkene vom Nebentisch zwischendurch.

»Raten Sie mal«, sagt der Facility-Manager, das Gesicht von Alkohol gerötet.

»Hmm … Vater und Tochter?«, fragt der Betrunkene.

»Volltreffer!«, sagt der Facility-Manager.

Die beiden bestellen Reissuppe mit Kimchi und – ich hatte schon gedacht, sie wären endlich fertig – zu guter Letzt noch ein Reisbällchen, an dem sie beide mit den Stäbchen picken.

Vier Uhr fünfundvierzig. Dreieinhalb Stunden haben die beiden gegessen und getrunken. Sie verlassen die Kneipe, gehen zurück zur Hauptstraße und am Bahnhof vorbei direkt zum Busbahnhof. Die Schritte der Frau im lila Rock sind fest und selbstsicher, der Facility-Manager dagegen ist deutlich unsicher auf den Beinen. Während ich den beiden folge, sehe ich mich mehrfach um. Die in Butter geschwenkten Pilze, die eingelegten Tintenfischchen und die drei Halbe, die ich in der Kneipe bestellt hatte, habe ich nicht bezahlt. Aber niemand ist mir auf den Fersen.

Fünf Uhr. Die Frau im lila Rock sagt etwas zum Facility-Manager, der sich am Busbahnhof auf eine Bank gesetzt hat, macht sich auf den Weg zu einem Kiosk in der Nähe und kommt mit einem Sportsdrink zurück. Sie setzt sich neben den Facility-Manager, schraubt die Flasche auf und hält sie ihm hin. Der Facility-Manager nimmt erst einen, dann noch einen und noch einen Schluck.

Der Bus kommt sofort. Fünf Uhr fünf. Doch den nehmen sie nicht. Der Facility-Manager wedelt mit der Hand vor dem Gesicht und sagt etwas in der Art von: »Wenn ich da einsteige, muss ich brechen.« Im nächsten Moment springt er auf und rennt zur Toilette.

Die Frau im lila Rock bleibt auf der Bank sitzen und trinkt den letzten Schluck Sportsdrink. Als die Flasche leer ist, senkt sie den Kopf und betrachtet ihre Fingernägel. Jetzt sieht sie genauso aus wie Mei-chan, meine Klassenkameradin aus der Grundschule.

Um fünf Uhr fünfzehn kommt der Facility-Manager erfrischt zurück. »Tut mir leid«, entschuldigt er sich und wischt sich mit einem Taschentuch den Mund.

Jetzt geht die Frau im lila Rock zur Toilette. Der Facility-Manager spielt währenddessen an seinem Handy herum. Erschrocken hebt er plötzlich den Kopf und tastet nach seiner Kappe.

Er sagt: »Weg. *Weg.*« Er zieht den Reißverschluss seiner Umhängetasche auf, die er neben sich abgestellt hat. Jetzt sagt er: »Da ist sie ja«, und zieht die Baseballkappe heraus. Dann kramt er weiter. »*Weg, weg, weg.*«

Dieses Mal bleibt er erfolglos. Er sucht seine Sonnenbrille. Aber die hat er eben in der Kneipe liegenlassen. Tatsächlich sitzt sie jetzt auf *meiner* Nase. Kein Vergleich zu einem Produkt aus dem Hundert-Yen-Shop! Trotz ihrer Größe leicht wie eine Brise. Innen ist in goldenen Lettern der Name TOMOHIRO eingeprägt.

Der Facility-Manager gibt auf. Er macht seine Tasche wieder zu und zieht sich, wie um die fehlende Sonnenbrille wettzumachen, die Baseballkappe so tief wie möglich in die Stirn.

Um fünf Uhr fünfunddreißig kommt wieder ein Bus. Alle Sitzplätze sind von Oberschülerinnen mit Tennisschlägern belegt. Auf die Frage der Frau im lila Rock, ob sie den nächsten nehmen sollen, sagt der Facility-Manager: »Nein, lass uns einsteigen.«

Als Überüberübernächste steige auch ich in den Bus. Es gelingt mir, mich so in den schmalen Gang zu stellen, dass ich Rücken an Rücken mit den beiden stehe. So falle ich am wenigsten auf. Folgendes Gespräch dringt mir ans Ohr.

Die Frau im lila Rock: »Was soll ich meiner Nichte bloß zum Geburtstag schenken?«

Der Facility-Manager: »Hast du schon eine Idee?«

Die Frau im lila Rock: »Nein.«

Der Facility-Manager: »Wie wäre es mit einem Stofftier?«

Die Frau im lila Rock: »Ein Stofftier? Ich weiß nicht …«

Der Facility-Manager: »Sie ist doch ein Jahr alt, oder?«

Die Frau im lila Rock: »Nein, das ist mein Neffe. Meine Nichte ist sechs.«

Der Facility-Manager: »Ach so.«

Wie belanglos! Aber die beiden hören gar nicht mehr auf. Am Ende beschließt die Frau im lila Rock, beim nächsten Besuch bei ihren Eltern ihren Bruder zu fragen, was ihre Nichte sich wünscht. Die Frau im lila Rock hat also einen Bruder.

Die Tochter des Facility-Managers, die im nächsten Jahr eingeschult werden dürfte, kommt im Gespräch überhaupt nicht vor. Ob die Frau im lila Rock gar nicht weiß, dass der Facility-Manager verheiratet ist? Ich weiß jetzt jedenfalls, dass sie Eltern, einen Bruder, eine Nichte und einen Neffen hat.

Um sechs Uhr fünf steigen die Frau im lila Rock und der Facility-Manager aus. Die Bushaltestelle sieht aus wie immer. Händchenhaltend gehen sie ein paar Meter vor mir. Überqueren am Zebrastreifen die Straße, gehen in die Passage und betreten die Bäckerei. Die Frau im lila Rock belädt ihr Tablett mit zwei Vanillecremebrötchen und einer Packung Sandwiches. An der Kasse zahlt sie. Insgesamt siebenhundertvierzig Yen.

Bis jetzt hat es noch niemand bemerkt. Wie die Leute in der Passage wohl reagieren, wenn ihnen auffällt, dass es sich bei der von einem Mann begleiteten Frau in Wahrheit um die Frau im lila Rock handelt?

Zuerst wird es ein Passant merken, glaube ich.

»Seht nur!«, wird er rufen, ins nächstbeste Geschäft stürzen und atemlos dem Inhaber berichten: »Die Frau im lila Rock hat einen Mann mitgebracht!«

Der Inhaber wird es gleich dem Inhaber nebenan erzählen und der wiederum dem nächsten. Die Kunden werden alles stehen und liegen lassen und aus den Geschäften stürmen und mit den Passanten eilends eine Gasse bilden für das herannahende Paar. Es wird sein wie beim Gang zum Altar. »Herzlichen Glückwunsch!« Irgendjemand wird seine Freude nicht unterdrücken können. Die Kinder, die sich eben noch hinter den Aufstellern versteckt hatten, werden eins nach dem anderen hervorspringen und auf den Fingern pfeifen. »Zur Feier des Tages!«, wird der Fischhändler der Frau im lila Rock eine ganze Meerbrasse, der Blumenhändler einen Strauß Rosen und der Getränkehändler eine große Flasche Sake an die Brust drücken. »Wie fühlen Sie sich?«, hält ihr der mit seinem Team wie aus dem Nichts aufgetauchte Fernsehreporter vor laufender Kamera das Mikro unter die Nase. Die Frau im lila Rock hat sich gerade zur Kamera gedreht, als für einen winzigen Moment am Rand des Bildes etwas stört. Was war das?

»Huch!«

»Das war die Frau in der gelben Strickjacke!«

Die beiden verlassen die Bäckerei und gehen händchenhaltend weiter. Nach zehn Metern hat es immer noch keiner bemerkt.

Mal händchenhaltend, mal Arm in Arm spazieren sie an der Drogerie vorbei, an dem Geschäft für Trockenfisch und Meeresfrüchte, am Fischhändler, am Metzger, am Blumenladen und am Getränkehandel. Nicht einem einzigen Menschen in der Passage, weder einem Passanten noch einem Ladeninhaber oder einem Kunden, fällt auf, dass es sich bei der Frau, die eben an ihnen vorbeigegangen ist, um die Frau im lila Rock handelt.

Völlig unbemerkt durchqueren die beiden die Passage und verschwinden im abendlichen Wohnviertel. An diesem Abend übernachtet der Facility-Manager bei der Frau im lila Rock.

Der nächste Tag ist der erste Montag im Monat.

Am ersten Montag im Monat schaut der Hotelmanager im Meeting vorbei.

»Zehn Badetücher, zehn Handtücher, fünf Badematten, zehn Tassen nebst Untertassen, fünf Weingläser, fünf Champagnerflöten, drei Teekannen«, liest er mit ungewöhnlich grimmiger Miene von seinem Zettel ab. »Ob sie von Gästen entwendet wurden oder im Haus abhandengekommen sind, lässt sich zwar nicht mit Gewissheit sagen …« Hier macht er eine Pause und bedenkt jede Einzelne von uns mit einem langen Blick. »So viel ist jedenfalls allein im letzten Monat verschwunden. Dieser Schwund ist nicht natürlich. Ich bin davon überzeugt, dass die Gegenstände gezielt entwendet wurden. Ab heute bekommt jede Einzelne von Ihnen, nicht nur die Chiefs, eine Inventarliste, die beim

Betreten eines jeden Zimmers lückenlos auszufüllen ist. Verstanden?«

Kaum ist der Hotelmanager gegangen, beginnen die Mitarbeiter sich zu beschweren.

»Wie unverschämt! Will er etwa andeuten, dass eine von uns klaut?«

»Was bildet der sich ein?! Inventarlisten! Dass ich nicht lache! Der soll sich mal lieber selbst ein Bild machen.«

»Wirklich wahr! Was stellt der sich vor? Dass wir zehn oder zwanzig Gläser oder Tassen mitnehmen und dann zu Hause benutzen, oder wie?«

»Als ob man so viele Gläser und Tassen braucht!«

»Wenn der Facility-Manager nicht so katzbuckeln würde, könnte der Manager sich gar nicht erst so aufspielen!«

»Er könnte dem Manager ruhig mal die Meinung geigen. Er ist schließlich der Ältere.«

»Vergiss es! Der merkt erst was, wenn es zu spät ist.«

»Ist dir übrigens aufgefallen, dass die beiden heute frei haben?«

»Gestern auch schon.«

»Pfui! Die sollten sich was schämen!«

»Weißt du, wie viel die pro Stunde kriegt?«

»Wie viel?«

»*Eintausend* Yen. Eintausend!«

»Eintausend? So viel verdient nicht mal ein Chief!«

»Das stimmt.« Chief Tsukada, die bis eben nur zugehört hat, beugt sich vor. »Die kriegt tausend Yen.«

Obwohl es keinen Beleg dafür gibt, macht das Gerücht, dass die Frau im lila Rock tausend Yen pro Stunde verdient, in Windeseile die Runde. Dadurch verschafft sich die Frau im lila Rock unwissentlich noch mehr Feinde. Erst war sie die liebe »Hino-chan«. Als durchsickerte, dass sie eine Affäre mit dem Facility-Manager hat, war sie von einem Tag auf den anderen nicht mehr die liebe »Hino-chan«. Und jetzt wird sie von allen, inklusive den Chiefs, ignoriert.

Das Gute an dieser Arbeit ist, dass es nicht groß stört, ob man ignoriert wird oder nicht.

Da die Frau im lila Rock ihr Training längst hinter sich hat, kann sie ihrer Arbeit nachgehen, ohne auch nur ein Wort mit jemandem zu wechseln. Es besteht nicht die geringste Notwendigkeit, mit jemandem zu kommunizieren. Gleichgültig verrichtet sie ihre Arbeit.

Selbst wenn ihr jemand auf dem Flur begegnet, bleibt sie gleichgültig. Sogar beim Senior Staff. Einmal wäre ich fast mit ihr zusammengestoßen. Sie trat aus dem Aufzug, als ich gerade eintreten wollte, und der Müllsack, den sie vor sich hertrug, prallte mir gegen die Brust. Ich verlor die Balance und fiel auf den Hintern. Ohne mich auch nur eines Blickes zu würdigen, ging die Frau im lila Rock weiter.

Als ich mich wieder gefasst hatte – ich hatte so getan, als sammelte ich Abfall vom Boden –, stieg ich in den Aufzug. Der Aufzug war von einem süßen Geruch erfüllt. Dem Parfüm der Frau im lila Rock. Chief Tsukada zufolge riecht es nach »faulen Bananen«. Man wisse sofort, wo die sich rumgetrieben habe. »Das *riecht* man.«

Der Facility-Manager mag diesen Geruch vielleicht. Abgesehen vom Parfüm kommt die Frau im lila Rock hin und wieder auch mit lackierten Fingernägeln zur Arbeit. Lackierte Fingernägel sind natürlich verboten. Aber wenn Chief Hamamoto sie darauf hinweist, lässt die Frau im lila Rock sie einfach stehen. Ich frage mich, wer hier eigentlich wen ignoriert.

Übrigens hat der Facility-Manager nicht nur an dem Sonntag bei der Frau im lila Rock übernachtet. Er hat sie danach noch mehrere Male besucht. Manchmal bleibt er nach einem Rendezvous gleich da, manchmal kommt er nach der Arbeit vorbei. Ich muss nur in meinen Notizen nachsehen. Vorvorletzten Montag hat er übernachtet. Dienstag hat er nicht übernachtet. Mittwoch hat er auch nicht übernachtet. Donnerstag hat er übernachtet. Freitag, Samstag, Sonntag hat er nicht übernachtet. Diesen Montag hat er übernachtet. Dienstag hat er nicht übernachtet. Donnerstag, dachte ich, würde er übernachten, hat er aber nicht. Nach zwei Stunden ist er wieder gefahren.

Ob mit oder ohne Übernachtung, montags und donnerstags sind sie offenbar fest verabredet.

Immer wenn der Facility-Manager bei ihr übernachtet hat, trägt die Frau im lila Rock mehr Parfüm als sonst. Sobald sie die Tür zur Kantine aufdrückt, verziehen die Mitarbeiter die Gesichter, halten sich die Nasen zu und verlassen wie auf Kommando ihre Plätze.

Die Frau im lila Rock nimmt gleichgültig an dem soeben freigewordenen Sechsertisch Platz und trinkt den kostenlosen Tee.

So viel zur Situation am Arbeitsplatz. Wie es in ihrem Privatleben aussieht? Nun, da zeigen sich auch gewisse Veränderungen. Seitdem die Frau im lila Rock mit dem Facility-Manager liiert ist, sieht man sie im Park überhaupt nicht mehr. Während die Kinder anfangs noch jedes Mal enttäuscht feststellten, dass »Mayu-san« schon wieder nicht da sei, war zwei Wochen später überhaupt keine Rede mehr von ihr. Das neuste Spiel heißt jetzt »Einradfahren«. Nicht dass alle Kinder ein Einrad besäßen. Insgesamt sind es zwei. Damit fahren sie abwechselnd herum oder machen Staffelrennen durch den Park. Wenn sie es richtig bunt treiben wollen, fahren sie aus dem Park heraus. Selbst hupende Autos oder schimpfende Passanten halten sie von ihren fröhlichen Rennen nicht ab. Sie fahren bis zur Grundschule und wieder zurück, und obwohl die Strecke genau am Conbini vorbeiführt, ist ihnen noch nie aufgefallen, dass die parfümierte Frau, die vor dem öffentlichen Fernsprecher steht, ihre »Mayu-san« ist.

Ihre Fingernägel sind jetzt rot und spitz. Mit diesen spitzen Fingernägeln drückt »Mayu-san« die Tasten. Sie drückt die Tasten und – hängt ein. Drückt und – hängt ein. Wieder und wieder. Sie drückt und – hängt ein. Drückt und – hängt ein. Drückt und – wartet einen Moment und hängt ein. Nachdem sie eingehängt hat, schnalzt sie ärgerlich mit der Zunge. Wenn sie frei hat, macht sie das den ganzen Tag. Morgens, nachts. Zu jeder Zeit. Wieder und wieder, ohne müde zu werden, drückt sie die Tasten und hängt ein. Dadurch kenne ich die Nummer des Facility-Managers mittlerweile auswendig.

Die Frau im lila Rock leidet.

Sie leidet rund um die Uhr. Für sich allein. Jemanden, dem sie ihr Leid klagen könnte, gibt es nicht. Eine Freundin hat sie noch nicht.

Die Sache mit dem Facility-Manager soll um jeden Preis geheim bleiben. Wird sie bei der Arbeit halb im Scherz drauf angesprochen, streitet sie ärgerlich ab: »Also bitte! Ich bin nicht mit dem Facility-Manager zusammen.«

»Hahaha. Seht euch ihr Gesicht an! Jetzt sieht sie aus wie er.«

»Die will uns wohl für dumm verkaufen.«

»Widerlich.«

»Ich frage mich, was die während der Arbeit so treibt. Die schließt das Zimmer ja immer ab. Ist das nicht fies?«

»Der Facility-Manager wartet darin vielleicht schon auf sie. Hahaha.«

»Psst.«

Wenn die Frau im lila Rock in den Aufzug kommt, verstummen alle wie auf Kommando. Sobald sie den Aufzug verlässt, geht das Geschnatter wieder los.

»Puh! Dieser Bananengestank!«

»Hast du ihre Fingernägel gesehen? *Blut*rot.«

»Hast du schon von der Standpauke gehört, die ihr der Facility-Manager gehalten hat? Wenn sie noch einmal gegen die Richtlinien verstößt, will er sie rausschmeißen.«

»Soll er. Je eher, desto besser. Bei *dem* Gehalt! Weißt du, wie viel die verdient?«

»Wie viel?«

»Fünfzehnhundert Yen. Ob du es glaubst, oder nicht. Fünfzehnhundert.«

Die Gerüchte werden immer bombastischer, immer wilder. Je mehr es in der Gerüchteküche brodelt, desto enger scheinen die Mitarbeiter zusammenzurücken.

Gerade als man – »Das lassen wir uns nicht länger bieten! Wenn die nicht endlich fliegt, marschieren wir zur Geschäftsführung!« – zur Geschäftsführung gehen will, passiert etwas.

Das Hotel bekommt den Hinweis, dass auf einem bestimmten Grundschulbasar Ware angeboten worden sei, die womöglich aus Hotelbeständen stamme.

Der Hinweis ist anonym. Die Angestellten des Hotels, die sofort an den »Tatort« eilen, stellen fest, dass es sich – in der Tat! – um Gegenstände aus dem Hotel handelt. Konkret: zehn Badetücher, zehn Handtücher, fünf Badematten … Die Liste entspricht genau der, die der Manager vorgelesen hat.

Angeboten werden sie von Schülern der Schule.

»Wir haben nur den Stand gehütet«, behaupten sie. Zur Belohnung würde sie ihnen ein kleines Taschengeld geben, hätte die Frau gesagt …

»Ich verdächtige niemanden.«

Montag. Merkwürdig ruhig meldet sich der Hotelmanager beim zweiten Meeting des Monats zu Wort. »Die Reinigungskräfte sind nicht die Einzigen, die Zugang zu den Zimmern haben. Neben den Gästen gehen auch Pagen, der Zimmerservice, Installateure und Leute von außen ein und aus. Ich bin heute hier, um das zu wiederholen, was ich beim letzten Mal bereits gesagt habe. Bitte prüfen Sie das Inventar! Und sollten Sie feststellen, dass irgendetwas fehlt, melden Sie es unverzüglich Ihrer Vorgesetzten! Seien Sie ehrlich. Wenn Sie festgestellt haben, dass etwas fehlt, und es nicht gemeldet haben, wenn Sie wider besseres Wissen Ihre Liste abgehakt haben, wenn Sie, mit anderen Worten, versucht haben, den Schwund zu vertuschen, geben Sie es zu. Wenn Sie es *jetzt* zugeben, wird es Ihnen nicht zur Last gelegt. Wenn Sie es nicht tun, bleibt mir nichts anderes übrig, als den Schwund als Diebstahl zu betrachten und die Polizei einzuschalten. Ich wiederhole. Wenn Sie es jetzt zugeben, wird es Ihnen nicht zur Last gelegt. Da ist sich die Geschäftsführung einig. Das ist alles. Wenn jemand von Ihnen eine Frage hat, zögern Sie bitte nicht, mich anzurufen. Ich bin jederzeit per Handy erreichbar. Ihr Anruf wird selbstverständlich vertraulich behandelt.«

Die Tiraden der Chiefs – »Was bildet der sich ein? Uns unter Generalverdacht zu stellen!« – bleiben dieses Mal aus. Offenbar sind auch sie der Meinung, dass der Täter unter uns zu finden ist. Nicht nur die Chiefs, nein, das ganze Personal hat *eine* Person in Verdacht. Und zwar aus folgendem Grund: Sie wohnt bei der Grundschule direkt um die Ecke.

»Das war bestimmt Hino-san.«

»Das glaube ich auch.«

»Die wohnt da doch gleich um die Ecke. Sonst wohnt da niemand von uns.«

»Ob der Facility-Manager Bescheid weiß?«

»Der steckt vielleicht unter einer Decke mit ihr?«

»Wieso sollte er?«

»Na, weil er Geld braucht natürlich.«

»Ach, die paar Yen, die man auf dem Basar verdient …«

»Dann steckt er wohl ganz schön in der Klemme.«

»Er braucht vielleicht Geld für die Scheidung.«

»Was? Er will sich scheiden lassen?«

»Na, er hat doch eine Neue.«

»Nee! *Der* lässt sich nicht scheiden. Der war doch zur Feier seines zehnten Hochzeitstags erst kürzlich mit der ganzen Familie in Ishigaki. Er hat so begeistert davon erzählt, ich brauchte nicht mal zu fragen!«

»Oh, dann serviert er wohl *sie* ab.«

»Vielleicht will sie ihn mit der Aktion in Schwierigkeiten bringen …«

»Das sähe ihr ähnlich.«

»Psst. Da kommt sie.«

Der Blick der Frau im lila Rock, die ohne ein Wort vor den Aufzügen aufgetaucht ist, bleibt gleichgültig.

Chief Tsukada lässt nur zwei Worte fallen.

»Du Diebin.«

»Wie bitte?« Die Frau im lila Rock dreht sich nach der Stimme um. Es ist das erste Mal seit langem, dass sie überhaupt reagiert. »Ich weiß nicht, wovon Sie sprechen.«

»Ach ja?«, sagt Chief Tsukada. »Dabei wohnst du doch in der Nähe der Schule.«

»Was wollen Sie damit sagen?« Die Frau im lila Rock fixiert Chief Tsukada.

»Du schließt beim Putzen immer die Tür ab …«, mischt sich Chief Hamamoto ein. »Was in aller Welt machst du denn da immer?«

»Was soll ich schon machen?«

»Beantworte die Frage«, sagt Chief Tsukada.

»Ich … ich trinke Kaffee«, sagt die Frau im lila Rock leise.

»Den vom Willkommenstablett?«

»Ja.«

»Was noch?«

»Ich … ich esse Süßigkeiten.«

»Die kostenpflichtigen aus der Minibar?«

»Ich … ja.«

»Habt ihr gehört? Die kostenpflichtigen aus der Minibar!«

»Unglaublich! Das ist echt das Letzte«, hört man im Hintergrund jemanden raunen.

»Aber das machen doch alle! Nicht nur ich. Sie, Chief Tsukada, Sie …«

»Ich – *was*?«

 »Sie haben mir das doch beigebracht! Die Tür abzuschließen, wenn ich zum Beispiel Kaffee trinke. Dass man kein Pay-TV gucken kann, weil das die Rezeption mitbekommt, aber dass ich mir ruhig hin und wieder etwas aus der Minibar nehmen könne, das würden Sie hinterher schon regeln, haben Sie gesagt, und das habe ich gemacht, sonst nichts.«

Chief Tsukada seufzt.

»Und dann auch noch anderen die Schuld in die Schuhe schieben, ich fasse es nicht.«

»Wollen Sie etwa leugnen? Es gäbe sogar Mitarbeiterinnen, die während der Arbeit Champagner trinken, haben Sie gesagt. Frau Tachibana zum Beispiel. Die Flasche, die da aus ihrer Tasche guckt, ist doch bestimmt mit Champagner gefüllt.«

»Hast du das etwa geglaubt?« Chief Hamamoto reißt die Augen auf. »Nicht zu fassen! Das war doch nur ein Scherz!«

Wie auf Kommando brechen alle in Gelächter aus. Selbst Chief Tachibana hält sich vor Lachen den Bauch. »Ich sage wirklich nicht nein, wenn es etwas zu trinken gibt, aber ich bediene mich doch nicht am Champagner der Gäste!«

Im selben Moment reißt ihr die Frau im lila Rock die Tragetasche weg.

»He! Was fällt dir ein?!«

Sie zieht die himmelblaue Flasche heraus, schraubt den Deckel auf und riecht daran.

»Gib mir sofort meine Tasche zurück!«

Ein Senior Staff reißt der Frau im lila Rock Flasche

und Tasche wieder weg und übergibt sie Chief Tachibana.

»Was fällt dir ein? Unerhört!«

»Tut mir leid, wenn ich dich enttäuschen muss, aber das ist Gerstentee, kein Alkohol«, sagt Chief Tachibana, während sie ihre Flasche wieder zuschraubt, und schnaubt empört.

»Vielleicht willst du unsere Flaschen auch gleich untersuchen, wenn du so misstrauisch bist«, schlägt Chief Tsukada vor. »Hier. Du kannst mit meiner anfangen.«

Sie zieht ihre Flasche aus ihrer Tragetasche und hält sie der Frau im lila Rock unter die Nase.

»Meine kannst du auch haben.« »Meine auch.« »Hier, meine auch.« »Und dann meine.«

Eine nach der anderen zieht ihre Flasche aus der Tasche, schraubt sie auf und hält sie der Frau im lila Rock unter die Nase.

Die Frau im lila Rock ist umzingelt. Wortlos starrt sie die Flaschen vor ihrer Nase an.

Wenn man allerdings genauer hinsieht, nimmt man das Beben ihrer Nasenflügel wahr. Offenbar scheint sie die verschiedenen Gerüche gewissenhaft zu prüfen. Das löst abermals Gelächter aus.

»Die hat sie doch nicht mehr alle!«

Es ist gerade einmal kurz nach neun Uhr. Die Arbeit fängt jetzt erst an. Keine der Flaschen, die der Frau im lila Rock unter die Nase gehalten werden, riecht nach Alkohol.

Als die Frau im lila Rock sich vorbeugt, um an der letzten Flasche zu schnuppern, der Flasche, die ihr aus einiger Entfernung hingehalten wird, wird das Gelächter noch eine Spur lauter.

»Die trinkt doch nichts, du Dummerchen!«

Abrupt hebt die Frau im lila Rock den Blick.

»Der sieht man doch schon an, dass sie nichts verträgt!«

Diesen Moment lang, diese eine Sekunde, sehen wir uns zum ersten Mal in die Augen.

Die Frau im lila Rock ist diejenige, die den Blick zuerst abwendet. Sie schaut zurück zu der normalerweise zugeschraubten Flasche, Anstalten, näher heranzugehen, macht sie aber nicht.

»Zufrieden?«, sagt Chief Tsukada. »Jetzt weißt du Bescheid. Hier muss nur eine ein schlechtes Gewissen haben. Und das bist du!«

»Kehr erst mal vor deiner eigenen Tür!«

»Du hast den Manager doch gehört. Wenn du es jetzt zugibst, wird es dir nicht zur Last gelegt.«

»Oder sollen *wir* es ihm sagen?«

»Du brauchst gar nicht so zu gucken!«

»Hast du ein Problem, oder was?«

Böse blickt die Frau im lila Rock sich um. Im nächsten Moment dreht sie sich um und rennt Richtung Hinterausgang davon.

»He! Moment! Wo willst du hin?«

»Wir fangen jetzt an zu arbeiten!«

Doch die Frau im lila Rock kommt nicht wieder.

Noch am selben Abend gehe ich nach der Arbeit zu dem maroden Apartmenthaus, in dem die Frau im lila Rock wohnt.

Obwohl ich fest davon überzeugt bin, dass sie zu Hause ist, brennt kein Licht. Ich lausche an der Tür, höre von drinnen aber keinen Laut.

Ich postiere mich hinter dem Zaun und warte. Eine halbe Stunde vergeht. Ich will mich gerade auf den Weg in den Park machen, als ich ein Auto die Straße heraufkommen sehe.

Das Auto hält vor dem Apartmenthaus. Es ist die schwarze Limousine, die ich nur zu gut kenne. Ich setze einen Haken an die entsprechende Stelle in meinen Notizen.

Die Fahrertür schwingt auf, und der Facility-Manager kommt zum Vorschein. Langsam bewegt sich seine massige Gestalt die Treppe hinauf.

Vor der letzten Tür im ersten Stock bleibt der Facility-Manager stehen und klopft verhalten. Etwa zehn Minuten lang klopft er wieder und wieder an die Tür. Daraufhin wird es hinter dem Fenster plötzlich hell. Die Tür öffnet sich einen Spalt, und die Frau im lila Rock lugt heraus. War sie also doch zu Hause!

Sie wechseln ein paar Worte, dann macht der Facility-Manager Anstalten, die Wohnung zu betreten. Die Frau im lila Rock weist ihn scharf zurecht: »Bleib gefälligst draußen!«

Dann bringt sie Ishigaki ins Spiel. Die Insel, auf der der Facility-Manager mit seiner Familie seinen zehnten Hochzeitstag gefeiert hat. Bis heute Morgen hatte sie davon offenbar nichts gewusst.

»Darum geht es nicht«, donnert der Facility-Manager.

»Darum geht es wohl!«, donnert die Frau im lila Rock zurück.

»Deswegen bin ich nicht hier«, sagt der Facility-Manager.

»Weswegen dann?«, sagt die Frau im lila Rock.

Hier senkt der Facility-Manager die Stimme: »Wegen der Diebstähle.«

»Du glaubst mir also auch nicht?«

»Ich …« Der Facility-Manager späht in ihre Wohnung. »Du hast aber doch Sachen aus dem Hotel, Tassen, Gläser …«

»Aber nur für den Eigenbedarf«, sagt die Frau im lila Rock. »Ich verkaufe sie nicht.«

»Außerdem ist die Grundschule, wo die Sachen verkauft wurden, hier ganz in der Nähe …«

»HABE ICH NICHT GERADE GESAGT, DASS ICH DIE SACHEN NICHT VERKAUFE?!«

»Psst, nicht so laut. Jetzt beruhig dich doch.«

»Ist es so undenkbar, dass jemand anders die Sachen auf dem Basar verkauft? Wieso muss ich das gewesen sein? Du liebst mich nicht mehr, stimmt's? Deshalb warst du mit deiner Frau in Ishigaki.«

»ES GEHT HIER NICHT UM ISHIGAKI!«

Batsch. Der Facility-Manager hat der Frau im lila Rock eine Ohrfeige verpasst.

»AUA!«, schreit die Frau im lila Rock auf. »DAS TUT WEH!«

»Entschuldige … das wollte ich nicht. Entschuldige. Bitte beruhige dich. Bitte! Und hör mir zu. Ich werde auch verdächtigt. Irgendjemand ist uns auf die Schliche gekommen, und jetzt heißt es, ich würde mit dir unter einer Decke stecken. Ist das nicht unglaublich? Was stellen die sich vor? Dass ich auf dem Basar … Wie konntest du mich da nur mit reinziehen?«

»Reinziehen??«

»So ist es doch! Was glaubst du, warum ich hier bin? Hm? Was glaubst du? Soll ich dir's sagen? Damit du aussagst.«

»Aussagen?«

»Natürlich. Du sollst zum Manager gehen und ihm sagen, dass du die Sache allein durchgezogen hast, dass ich nichts damit zu tun habe.«

»WIE BITTE?« Die Stimme der Frau im lila Rock ist wieder lauter geworden. »ICH HABE NICHTS GETAN!«

»Du lügst.«

»ICH LÜGE NICHT!«

»Du lügst. LÜGNERIN! *Du* hast doch den Kindern aus der Grundschule um die Ecke Obst und Süßigkeiten aus dem Hotel mitgebracht. Hochwertige Artikel, die dem Hotel gehören, nein, die den *Gästen* gehören. Du hast die Gäste bestohlen, und die Kinder haben das Zeug für dich auf dem Basar verkauft, Gläser, Tassen … So war's. Weißt du, was die Kinder gesagt haben? Dass eine Frau sie beauftragt hat … aber das weißt du natürlich längst.«

»WEISS ICH NICHT!«

»Du hast deine Position als Angestellte schamlos ausgenutzt.«

»Das ist nicht wahr! Meine ›Position als Angestellte‹. Dass ich nicht lache! Du brauchst dich gar nicht so aufzuspielen. Ich weiß alles. Dass du jeden Tag in einem geblockten Zimmer einen Mittagsschlaf hältst. Anschließend eine Tasse Kaffee trinkst und die benutzte Tasse einfach stehenlässt.«

»Na und? Das macht doch jeder.«

»Das ist noch nicht alles. Dass du der Schauspielerin Reina Igarashi Unterwäsche geklaut hast, weiß ich auch. Wann hat sie noch gleich bei uns übernachtet?«

»Hä?«

»Siehst du … Ich habe mich gleich gefragt, was du da so heimlichtuerisch an ihrer Tür gemacht hast. Du hast in dem Wäschebeutel gewühlt, der am Knauf hing. Erinnerst du dich? Ein kleines rotes Etwas herausgezogen und in deine Hosentasche gestopft! Jede Wette, dass das ein Slip war. Igitt. EKELHAFT! DU SCHWEIN! PERVERSES SCHWEIN!«

»Still. Du sollst still sein!«

»SCHWEIN! PERVERSES SCHWEIN!«

»Du sollst still sein, habe ich gesagt.«

»AUA! LASS MICH LOS! ICH WERDE ES ALLEN ERZÄHLEN. DEINER FRAU, DEINEM CHEF, DEM MANAGER!«

»DAS WIRST DU NICHT!«

Der Facility-Manager packt die Frau im lila Rock an den Schultern. »WENN DU DAS TUST, WIRST DU ES BEREUEN!«

Der Facility-Manager schüttelt die Frau im lila Rock so heftig, dass ihr Kopf schlackert. Aber die Frau im lila Rock gibt nicht nach. In einem günstigen Moment schlägt sie seine Hände weg, taucht ab und boxt ihn in den Bauch. Als der Facility-Manager stöhnend einen Schritt zurücktaumelt, versetzt sie ihm einen Tritt zwischen die Beine und darüber hinaus eine Ohrfeige. Der Facility-Manager stützt sich mit den Händen am Geländer ab. Doch das rostige Geländer hat längst nicht mehr die Kraft, sein Gewicht zu halten. Die Streben brechen weg, und der Facility-Manager stürzt kopfüber in die Tiefe.

Reglos bleibt er auf der braunen Erde liegen. Er ist vielleicht unglücklich aufgekommen.

Zitternd steigt die Frau im lila Rock die Treppe hinunter.

»Tomo …? Tomo …?«

Neben dem ausgestreckten Körper geht sie auf die Knie und streckt die Hand aus.

»Tomo. *Tomo*«, sagt sie und rüttelt an seiner Schulter. »Tomo. Tomo. Tomo … He, Tomo. Bitte. Das kannst du mir nicht antun. Bitte. Tomo. Tomo. *Tomo.*«

»Psst. Nicht so laut«, sage ich.

Die Frau im lila Rock dreht sich zu mir um. Ihr Gesicht ist leichenblass und verheult.

»Darf ich mal?«

Zwischen der Frau im lila Rock und dem Facility-Manager gehe ich in die Hocke.

Als Erstes hebe ich seinen rechten, dann seinen linken Arm. Lege zwei Finger an seinen Hals und beuge mein Ohr über seinen Mund. Die Frau im lila Rock sieht mir schweigend zu. Nach einer kurzen Pause hebe ich den Kopf und sage: »Tut mir leid, aber der ist tot.«

»Nein …«, flüstert die Frau im lila Rock. Ihre Stimme ist so leise, dass ich sie kaum verstehen kann. »Das kann nicht sein.«

»Er ist wahrscheinlich unglücklich aufgeschlagen. Sein Herz steht jedenfalls still.«

»Das glaube ich nicht … Das kann nicht sein. Nein, nein, nein. Das glaube ich nicht. Nie im Leben.«

Ich schüttele den Kopf. »Tut mir leid.«

»Nein, nein! Tomo! Wach auf, Tomo, bitte! Wach auf. TOMO!«

Die Frau im lila Rock rüttelt den Facility-Manager erneut. Ich packe ihre Hände. »Das macht ihn auch nicht wieder lebendig!«, sage ich. »Reiß dich zusammen. Sieh den Tatsachen ins Auge. Der Facility-Manager ist tot. Du musst ihn nicht wieder zum Leben erwecken, du musst hier weg. Und zwar sofort.«

»Weg?«

»Genau.« Ich nicke. »Du hast keine Zeit zu verlieren. Gleich wird die Polizei hier sein.«

»Die Polizei?«

»Ein Nachbar hat dich vorhin schreien gehört und

die Polizei gerufen. Du musst hier weg. Bevor die Polizei aufkreuzt.«

»Ich …«

»Los!«

»Aber …«

»Nichts aber! Hör zu: Du läufst jetzt zur Bushaltestelle. Der Bus Richtung Betriebshof Komori kommt um acht Uhr zwei. In den steigst du ein. Du hast nur noch vier Minuten, aber als ehemalige Leichtathletin solltest du das schaffen. Der Bus erreicht den Bahnhof um acht Uhr vierunddreißig. Von dort nimmst du die Bahn. Wenn du den Express nach Yamasaka siehst, steig ein. Vergiss nicht, die schwarze Tragetasche aus dem Schließfach am Westausgang mitzunehmen. Da sind eine Geldbörse, Handtücher und Wäsche für zwei, drei Tage drin. Im Innenfach der Börse steckt ein zusammengefalteter Fünftausend-Yen-Schein. Mit dem kaufst du dir eine Fahrkarte, ja? Um die anderen Sachen im Schließfach, die Reisetasche, den großen Rucksack und die Supermarkttüten, musst du dir keine Gedanken machen. Um die kümmere ich mich.«

»Ich …«

»Ich würde ja mit dir fahren, aber den Bus um acht Uhr zwei, den schaffen meine Beine nicht. Ich nehme den um acht Uhr zweiundzwanzig, mach dir keine Sorgen. Und fahre eine oder zwei Bahnen später. Kein Problem. Ich werde im Handumdrehen wieder bei dir sein. Getrennt fallen wir außerdem weniger auf. Das ist gut. Ach so. Falls du Hunger haben solltest, kauf dir von dem Geld einfach ein Bento am Bahnhof. Was noch? Wo du aussteigen sollst, habe ich dir noch nicht gesagt. Die Bahn hält unterwegs nur dreimal, weil es ein Express ist. Beim dritten Halt steigst du aus, die Station heißt Santokuji. ›San‹ wie in *ichi, ni, san* – eins, zwei, drei – das ist leicht zu merken, oder? Wenn du aus der Station trittst, siehst du gegenüber das Hotel Takagi, ein Business-Hotel. Na ja, Business-Hotel ist übertrieben, eine Herberge mit Gemeinschaftsduschen und Etagen-WC. Dort übernachten wir heute, okay? Du kannst schon mal einchecken und dich hinlegen, wenn du willst. Huch, jetzt hätte ich fast vergessen, dir den Schließfachschlüssel zu geben. Hier, das ist er. Vergiss bitte nicht, wieder abzuschließen, wenn du fertig bist, ja? Und den Schlüssel, den legst du ... ja, wohin legen wir den? ... Wie wäre es mit dem Fernsprecher? Neben den Schließfächern steht ein grüner Fernsprecher. Du kannst den Schlüssel zwischen die *Gelben Seiten* legen.«

»Nein, ich ...«

»Ich weiß, dass du dich in einer fremden Umgebung nicht wohlfühlst, aber du brauchst den Schlaf heute Nacht. Morgen früh starten wir mit der Arbeitssuche. Wir werden überall fragen, wo man gegen Kost und Logis arbeiten kann. Schau nicht so besorgt! In der Reisetasche steckt alles, was wir brauchen, selbst wenn wir nicht sofort neue Arbeit finden. Essen, Kleidung zum Wechseln, Geld, nicht besonders viel, aber für uns beide wird's eine Weile schon reichen.«

»Aber ich … Warum …?«

»Bitte?«

»Warum tun Sie das für mich, Chief Gondo?«

Die Tränen der Frau im lila Rock sind mittlerweile versiegt. Ihre kleinen runden Augen sehen mir direkt ins Gesicht.

Sachte schüttele ich den Kopf. »Ich bin nicht Chief Gondo«, sage ich. »Ich bin die Frau in der gelben Strickjacke.«

Du bist die Frau in der gelben Strickjacke? Es kommt mir kurz so vor, als würde die Frau im lila Rock genau das zu mir sagen.

In Wirklichkeit sieht sie mich nur an.

Ich strecke meine Hand aus und zwicke sie sanft in die Nase.

»Na los. Und mach dir keine Sorgen. Ich bin bald wieder bei dir.«

»Aber …«

»Du hast nur noch drei Minuten.« Ich zeige auf meine Uhr.

Die Frau im lila Rock, deren Blick meinem Finger gefolgt ist, steht endlich auf. Sich vom Anblick des Facility-Managers loszureißen, fällt ihr sichtlich schwer. Erst als ich »Jetzt nur noch zwei Minuten!« sage, hebt sie abrupt den Kopf und rennt los. Kaum ist sie weg, macht sie aus irgendeinem Grund kehrt und kommt zurück.

»Was ist denn? Du musst dich beeilen!«

 »Geld!«

»Was?«

»Ich brauche Geld. Ohne Geld kann ich nicht in den Bus steigen.«

»HIER. NIMM DIE!«

»Was ist das?«

»DAS SIEHST DU DOCH! EINE MONATSKARTE, WAS SONST! JETZT BEEIL DICH! DU HAST NUR NOCH EINE MINUTE!«

Die Frau im lila Rock schießt los wie eine Rakete.

Kurz darauf höre ich Sirenen. Jetzt mache auch ich mich auf den Weg.

Damit ist die Sache aber noch nicht erledigt.

Da ich der Frau im lila Rock meine Monatskarte gegeben habe, muss ich noch einmal zurück in meine Wohnung, um irgendetwas zu finden, das ich zu Geld machen kann.

Keuchend erreiche ich die Tür. Sie ist mit einem großen Vorhängeschloss versehen. Ich nehme einen in der Nähe stehenden Blumentopf, schlage – was bleibt mir anderes übrig? – die Fensterscheibe ein und gelange so hinein.

Glücklicherweise sieht alles noch genau so aus, wie ich es verlassen habe. Abgesehen vom Fernseher, dem Bettzeug neben dem Fenster und ein paar Plastiksäcken in der Mitte ist das Zimmer leer. Der Strom scheint abgestellt worden zu sein. Als ich an der Schnur der Deckenlampe ziehe, klickt es nur, sonst passiert nichts. Die gerichtliche Aufforderung, die Wohnung zu räumen, kam letzten Donnerstag. Am Freitag bin ich ins

Manga-Café am Bahnhof geflüchtet. Bei der Gelegenheit habe ich alles, was man gemeinhin zum Leben braucht, Kleidung, Waschzeug, Lebensmittel, Töpfe und die Wertsachen natürlich zusammengepackt und im Schließfach deponiert. Die Nutzungsdauer der Schließfächer am Bahnhof beträgt drei Tage. Deshalb habe ich heute Morgen alles in ein anderes Schließfach verfrachtet.

Den gesamten Hausstand konnte ich natürlich nicht mitnehmen. Auf Dinge, die nicht ins Schließfach passen, habe ich verzichtet, und Dinge, die für das tägliche Leben keinen großen Nutzen versprechen, habe ich auch stehenlassen.

Als ich zwischen den Dingen, die ich stehenlassen habe – *hier muss es doch irgendwas geben, das sich zu Geld machen lässt, irgendwas!* –, nach stundenlangem Tasten im Dunklen ganz hinten im Wandschränkchen über der Ziernische endlich eine alte Keksdose mit der Aufschrift »Erinnerungen« finde, ist auch der letzte Bus weg.

In *der* Zeit hätte ich es auch zu Fuß zum Bahnhof geschafft, denke ich, während ich den Inhalt der Dose unter die Lupe nehme. Ein palmenförmiger Schlüsselanhänger, eine Anime-Postkarte und – die Gedenkmünze einer Weltausstellung.

Die Gedenkmünze in der Hand nehme ich am nächsten Morgen den allerersten Bus.

Beim Bezahlen kann ich sie aber so oft in den Schlitz stecken, wie ich will; sie fällt immer wieder durch.

Nachdem er meinem hektischen Treiben eine Weile zugesehen hat, hält mir der Busfahrer wortlos die Hand hin.

Prüfend betrachtet er die Fünfhundert-Yen-Münze mit dem Aufdruck TSUKUBA EXPO '85. »Die sieht man selten«, murmelt er, wühlt in einer Tasche, die ihm zu gehören scheint, fischt aus seinem Portemonnaie fünf Hundert-Yen-Münzen und gibt sie mir im Tausch gegen die Gedenkmünze. Ich bin erleichtert. Hatte ich doch befürchtet, er würde sich aufregen. Ich bezahle zweihundert Yen für die Fahrt, dreihundert bleiben übrig.

Am Bahnhof gehe ich zuerst zum Fernsprecher. Dort stapeln sich drei Ausgaben der *Gelben Seiten*. Kaum habe ich die Hand ausgestreckt, um bei der obersten anzufangen, merke ich, dass ich mir die Suche sparen kann. Ein kurzer Blick nach links genügt, um zu sehen, dass der Schlüssel in der Tür meines Schließfaches steckt.

Das Schließfach ist säuberlich geräumt. Die Frau im lila Rock hat offenbar alles problemlos gefunden.

Unglückseligerweise hat sie aber nicht nur die schwarze Tragetasche an sich genommen, sondern auch die Reisetasche, den großen Rucksack und die anderen Dinge, die ich sie gebeten hatte stehenzulassen.

War meine Erklärung zu schnell gewesen? Sie muss den Express mit dem ganzen Gepäck bestiegen haben.

Ich stelle mich neben die Fahrkartenautomaten.

Wenn ich eine freundliche Frau sehe, spreche ich sie an. »Hundert Yen bitte.« Jede der drei Frauen, die ich bereits angesprochen habe, hat mir ein Hundert-Yen-Stück in die Hand gedrückt.

Bei der vierten täusche ich mich. Sie droht damit, das Bahnpersonal zu rufen, dabei sah sie auf den ersten Blick so freundlich aus. Ich ergreife die Flucht. Eigentlich hatte ich so lange sammeln wollen, bis ich die viertausendzweihundert Yen für das Express-Ticket zusammenhabe, aber was soll's? Ich muss mit dem klarkommen, was ich habe. Also kaufe ich mir am Automaten den billigsten Fahrschein und steige in den Bummelzug. Abfahrt sieben Uhr zwanzig.

Bis an mein Ziel Santokuji dauert es geschlagene sechs Stunden. Ein medizinischer Notfall und technische Probleme an der Signalanlage sind schuld an der Verzögerung. Glücklicherweise wurde mein Fahrschein trotz fünfmaligen Umsteigens nur ein einziges Mal kontrolliert. Der Bahnhof von Santokuji, an dem ich um ein Uhr fünfundzwanzig endlich aussteige, ist verwaist. Ich lege meinen Fahrschein in den dafür vorgesehenen Holzkasten am Ausgang und steuere auf das verabredete Hotel Takagi zu.

Der Rezeptionist des Hotels scheint Mittagsschlaf zu halten.

Nachdem ich über fünfzigmal geklingelt habe, tritt er gähnend hinter der Trennwand hervor. »So eine Person ist hier nicht abgestiegen«, sagt er auf meine Frage.

»Doch«, sage ich. »Sie müsste gestern Abend kurz vor elf Uhr eingecheckt haben.«

Wenn die Frau im lila Rock den Bus um acht Uhr zwei erwischt hat und der Umstieg in den Express reibungslos vonstattengegangen ist, müsste sie gestern Abend um zehn Uhr fünfzig in Santokuji angekommen sein. Wenn das Hotel nicht ausgebucht war, müsste die Frau im lila Rock hier übernachtet haben.

Unwirsch blättert der Rezeptionist in einem Heft, auf das vorne jemand »Gästebuch« geschrieben hat.

»Gestern Abend hatten wir … ein, zwei, drei … fünf männliche Gäste. Mehr nicht. Eine Frau war nicht dabei.«

»Keine Frau?«

»Nein.«

»Wirklich nicht?«

»Nein.«

»Aber wo ist sie dann?«

»Das weiß ich nicht.«

Ich werde panisch. Ist sie falsch ausgestiegen? Oder hat sie, weil ich gesagt habe, ich käme gleich nach, auf dem Bahnsteig auf mich gewartet und sich dann verdrückt?

Ich suche nicht nur rund um den Bahnhof, sondern auch in der Stadt. Zur Polizei laufe ich natürlich nicht, aber bei Händlern und Passanten frage ich herum.

»Haben Sie hier vielleicht eine Frau gesehen? Um die dreißig, lange Haare.«

Auf die Frage, was sie denn angehabt habe, will ich

schon sagen: »Einen lila Rock«, aber dann halte ich inne.

Was die Frau im lila Rock gestern anhatte, fällt mir partout nicht ein.

Wo ist sie bloß hin? Die Frau im lila Rock.

Bis jetzt habe ich sie noch nicht gefunden.

Vor ein paar Tagen hat jemand Neues angefangen. Diesmal jemand mit Erfahrung. Obwohl sie schnell von Begriff zu sein scheint, beschwert sich der Senior Staff schon jetzt, dass sie so leise grüßt. Wahrscheinlich wird wieder so gestichelt, dass sie noch vor Ablauf eines Monats das Handtuch wirft. Dabei müsste man nur ein bisschen Stimmtraining mit ihr machen; der Facility-Manager, das Extheaterensemblemitglied liegt leider immer noch im Krankenhaus.

Neulich haben wir ihn besucht. Da wir ihn nicht mit der gesammelten Mannschaft überfallen wollten, haben wir gelost. Vier Mitarbeiter, mich eingeschlossen, haben gewonnen. Aber obwohl sie Nieten gezogen hatten, sind die Chiefs auch mitgegangen.

Die Einrichtung, in der sich der Facility-Manager befindet, ist eine Rehaklinik, etwa zehn Minuten zu Fuß vom Hotel entfernt.

Als wir ins Zimmer traten, waren zwei der vier Betten leer. Im dritten lag ein dünner alter Mann und starrte auf den kleinen Deckenfernseher.

Kurze Zeit später kam, zusammen mit seiner Frau, der Facility-Manager herein.

»Sie können ja schon wieder gehen!«, rief Chief Tsukada und fiel dem Facility-Manager um den Hals.

»Vorsicht!«

Seine Frau bewahrte ihn davor, das Gleichgewicht zu verlieren.

»Dem Himmel sei Dank! Wir haben uns SOLCHE Sorgen gemacht!« Chief Tsukada ergriff seine Hand und schüttelte sie wie wild.

»Au. Aua. Was machen Sie denn hier? Ist etwas passiert?«

»Passiert? NEIN! Wir wollten Sie besuchen!«, brüstete sich Chief Tsukada.

»Das ist aber nett von Ihnen, vielen Dank!« Die Frau des Facility-Managers verbeugte sich.

»Warum haben Sie nicht angerufen?«, wollte der Facility-Manager wissen.

»Das haben wir, sind aber nicht durchgekommen«, sagte Chief Tsukada und wandte sich an die Frau des Facility-Managers. »Wie schön, dass es Ihrem Mann schon so viel besser geht.«

»Das stimmt, er hat sich gut erholt.« Seine Frau lächelte.

Das Gerücht, dass der Facility-Manager zu Hause nichts zu melden hätte, war vielleicht nur erfunden. Seit sie das Krankenzimmer betreten hatten, hielt ihm seine zurückhaltende und, wenn überhaupt, nur leicht geschminkte Frau den Arm.

»Sie könnten glatt wieder zur Arbeit kommen, so gut sehen Sie aus«, sagte Chief Hamamoto.

»Jetzt übertreiben Sie aber.« Der Facility-Manager reichte seiner Frau die Krücken und sank gequält lächelnd aufs Bett.

»Wann dürfen Sie denn nach Hause?«, fragte Chief Tachibana.

»Nächste Woche Mittwoch«, antwortete der Facility-Manager.

»Aber das ist doch wunderbar!«

»Wie man's nimmt. Bis ich wieder zur Arbeit gehen kann, wird es noch dauern. Eine Zeitlang werde ich noch an Krücken gehen, und zur Reha muss ich auch …«

»Sie können doch Büroarbeit machen. Körperliche Arbeit verlangt ja niemand von einem Gipsbein«, sagte Chief Tsukada.

»Nun ja …«

»Wir vermissen Sie! Solange Sie nicht da sind, kommt der Manager jeden Morgen ins Meeting. Das ruiniert die Stimmung für den ganzen Tag. Oder?« Um Zustimmung heischend, sah Chief Tsukada zu ihren Kolleginnen. Die nickten lächelnd.

»Hat … Hat der Manager etwas gesagt?«, fragte der Facility-Manager.

»Was meinen Sie?«

»Ich … ach …«

»Über *die*, meinen Sie?«

Der Facility-Manager nickte.

»Nur, dass sie die Sache der Polizei übergeben hätten.«

»Der Polizei?« Der Facility-Manager runzelte die Stirn.

»Das hat er gleich im ersten Meeting gesagt. Er sagte, drücken wir die Daumen, dass der Facility-Manager schnell wieder gesund wird. Alles andere überlassen wir der Polizei.«

»Verstehe.«

»Ich bin so froh, dass Sie so bald wieder nach Hause dürfen«, sagte Chief Tachibana. »Wir dachten schon, das wär's jetzt mit Ihnen, als wir hörten, dass Sie aus dem ersten Stock gestürzt sind.«

»Jetzt malen Sie doch nicht gleich den Teufel an die Wand, Chief Tachibana!«

Chief Hamamoto gab Chief Tachibana einen Stoß in die Rippen.

»Das war doch nur ein Scherz, hahaha.«

»Ich dachte zuerst auch, ich wäre tot«, sagte der Facility-Manager. »Mache die Augen auf und liege in einem Krankenzimmer. Um mich herum alles weiß. Einen Moment lang glaubte ich, ich sei im Himmel.«

»Sie haben Glück gehabt, dass Sie sich nur einen Bruch und eine Gehirnerschütterung zugezogen haben.«

»Ich danke Ihnen für die Anteilnahme. Es tut mir leid, dass Ihnen mein Mann diese Umstände macht.« Seine Frau verbeugte sich erneut.

»Umstände? Ich bitte Sie!« Chief Tsukada wedelte energisch mit der Hand. »Ihr Mann ist das Opfer!«

»Diese Frau hat ihn doch gestalkt.«

»Wenn wir das geahnt hätten! Die verstehen sich aber gut, dachten wir, so häufig, wie wir sie zusammen gesehen haben. Die haben vielleicht sogar was miteinander, dachten wir sogar. Oh, Verzeihung, das hätte ich nicht sagen sollen …«

»Schon gut.« Seine Frau schüttelte den Kopf. »Mein Mann scheint ihr gegenüber nicht entschieden genug aufgetreten zu sein.«

»Wie auch? Sie hat gedroht, ihm oder Ihrer Tochter etwas anzutun, wenn er nicht mit ihr ausginge.«

»Abscheulich … Durch und durch abscheulich«, sagte Chief Tsukada.

»Und Sie?«, wandte sich Chief Hamamoto besorgt an die Frau des Facility-Managers. »Sie sind hoffentlich unbehelligt geblieben …?«

»Abgesehen von den anonymen Anrufen jeden Tag, ja, glücklicherweise. Wenn unserer Tochter etwas zugestoßen wäre … Ich darf gar nicht daran denken …«

»Das stimmt. Wenn ich es nicht überlebt hätte, könnte ich das jetzt nicht sagen, aber ich bin wirklich froh, dass sie *mich* von der Treppe geschubst hat, nicht dich oder Alisa.«

»Sag doch so was nicht.«

»Ihre Frau hat recht. Hier ist nur eine Person schuldig, und die hat Sie nicht nur gestalkt, die hat auch noch geklaut.«

»Nein, ich hätte nicht zu ihr fahren sollen, ich bin mitschuldig.«

»Seien Sie doch nicht so streng mit sich. Sie wollten sie doch nur davon überzeugen, dass es besser ist, sich zu stellen.«

»Ich würde sie begleiten, habe ich gesagt, wenn sie allein keinen Mut hätte. Ich würde sofort mit ihr zum Manager fahren und mich mit ihr zusammen entschuldigen. Das habe ich ihr angeboten.«

»Ja und?«

»Da ist sie plötzlich wütend geworden.«

»Und hat Sie vom ersten Stock …«

»So ein … *Unmensch*!«

Im Zimmer wurde es still. Der alte Mann war beim Fernsehen offenbar eingeschlafen. Neben den leisen Geräuschen aus seinem Kopfhörer war regelmäßiges Schnarchen zu hören.

»Ach Gott«, durchbrach die Frau des Facility-Managers das Schweigen. »Wir haben nicht einmal genug Stühle für Sie alle. Ich gehe ins Schwesternzimmer und hole welche.«

»Nein, nein, keine Umstände. Wir wollten nicht lange stören«, sagte Chief Tsukada.

»Hier. Die Blumen sind für Sie.« Chief Hamamoto streckte ihr den Strauß Orchideen entgegen, den wir unterwegs gekauft hatten.

Chief Tachibana griff in ihre Tasche. »Das ist Pudding.«

»Aber das wäre doch nicht nötig gewesen! Bitte, wenn Sie nicht in Eile sind, bleiben Sie doch noch ein wenig. Ich gehe und setze Tee auf.«

»Aber nein. Wirklich. Wir wollen nicht stören.«

»Sie stören überhaupt nicht. Mein Mann freut sich über die Abwechslung.«

»So ist es. Bleibt doch noch ein wenig«, bat der Facility-Manager.

»Also gut, aber dann helfe ich Ihnen. Ich hole auch Stühle aus dem Schwesternzimmer.«

»Ich auch.«

»Ich auch.«

»Ich mache Tee.«

»Soll ich diese Vase nehmen?«

»Sehr freundlich. Dann kommen Sie bitte, ich zeige Ihnen den Weg zur Teeküche.«

Eine nach der anderen folgte der Frau des Facility-Managers hinaus auf den Flur.

Im Zimmer wurde es wieder still. Als die Schiebetür lautlos ins Schloss gefallen war, stieß der Facility-Manager einen langen Seufzer aus.

»Chef«, sagte ich.

»Uah! Chief Gondo. Haben Sie mich erschreckt! Seit wann sind Sie denn da?«

»Schon die ganze Zeit.«

»Das … das ist mir entgangen, Entschuldigung. Meine Güte. Aber bitte, setzen Sie sich doch.«

Der Facility-Manager wies auf den Klappstuhl an der Wand. Ich klappte ihn auseinander und nahm Platz.

»Folgendes.«

»Warum … Warum sehen Sie mich denn so streng an?« Der Facility-Manager wich unmerklich zurück.

»Kann das unter uns bleiben?«

Der Facility-Manager schluckte geräuschvoll. »Worum … äh, worum geht es denn?«

»Ich möchte Sie um etwas bitten.«

»Um … um was?«

Ich senkte den Kopf.

»BITTE! BITTE!«

»Ich … ich verstehe nicht ganz …«

»BITTE ERHÖHEN SIE MEINEN STUNDENLOHN!«

»Wie bitte?«, sagte der Facility-Manager.

»ICH BITTE SIE! UND EINEN VORSCHUSS BRAUCHE ICH AUCH! BITTE GEBEN SIE MIR EINEN VORSCHUSS! ICH BITTE SIE!«

»Moment, Moment. So geht das nicht. Wie in aller Welt kommen Sie dazu, mich hier und heute um eine Lohnerhöhung und einen Vorschuss zu bitten?«

»CHEF! ICH BITTE SIE!«

»Moment mal! Sehen Sie mich an. Das kann ich nicht allein entscheiden. Lohnfragen muss ich mit der Geschäftsführung besprechen. Und wenn Ihnen mehr gezahlt wird, muss den anderen Chiefs auch mehr gezahlt werden.«

»Sie finden schon eine Lösung, Chef. WER, WENN NICHT SIE!«

»Was reden Sie da? So einfach ist das nicht! Ob jemand eine Lohnerhöhung verdient, muss sorgfältig geprüft werden. Verdienen tut sie nur, wer hervorragende Arbeit leistet. Nehmen wir mal an, Sie würden geprüft. Leisten Sie hervorragende Arbeit? So oft, wie Sie zu spät kommen, vor der Zeit Feierabend machen und unentschuldigt fehlen, ist es wohl eher ein Wunder, dass man Sie noch nicht entlassen hat. Wissen Sie, wie oft die anderen sich beschweren, dass Sie während der Arbeit ›mal wieder einfach verschwunden sind‹? *Sie* bekommen ganz bestimmt nicht mehr Geld. Das kann ich Ihnen sagen.«

»Dann leihen Sie mir bitte welches!«

»Was?«

»Bitte! Ich habe keinen einzigen Yen mehr.«

»Wieso sollte ich Ihnen Geld leihen?«

»Sie sind doch mein Chef!«

»Na und?«

»Ich … ich hab nicht mal mehr eine Monatskarte.«

»Dafür kann *ich* doch nichts.«

»Ich muss jeden Tag zu Fuß kommen. Und das auch noch vom Manga-Café.«

»Vom Manga-Café? Was ist mit Ihrer Wohnung passiert?«

»Ich konnte die Miete nicht bezahlen und wurde auf die Straße gesetzt.«

»Also, das ist doch …«

»Bitte, Chef! Ich bitte Sie!«

»Nein, nein, nein, das eine hat mit dem anderen nichts zu tun. Tut mir leid, dass Sie sich in einer misslichen Lage befinden, aber ich kann nichts für Sie tun.«

»Doch, Sie können, Chef, Sie können.«

»Es reicht! Ich kann nichts für Sie tun. Basta! Sonst bekommen Sie kaum die Zähne auseinander, und heute, heute machen Sie zur Abwechslung mal den Mund auf, und was kommt raus? *Ich brauche Geld*. Unglaublich. Sie sollten sich was schämen! Keine Manieren, und das in *Ihrem* Alter. Was ist mit Ihrer Familie, Ihren Verwandten? Haben Sie die schon gefragt? Wo wohnen die überhaupt?«

»Chef!«

»Ich habe *nein* gesagt.«

»Dafür sage ich auch niemandem, dass Sie die Unterwäsche von Reina Igarashi geklaut haben.«

»Hä?«

»Niemandem! Versprochen!«

»…«

»Ich denke darüber nach«, murmelte der Facility-Manager nach einem Moment Schweigen.

»VIELEN DANK! ICH WUSSTE, DASS ICH MICH AUF SIE VERLASSEN KANN!«

In der Teeküche freute man sich zur selben Zeit über etwas ganz anderes. »IST DAS WAHR? HERZLICHEN GLÜCKWUNSCH!«, hörte man Chief Tsukadas Stimme bis ins Krankenzimmer.

Der Facility-Manager, erfuhr ich hinterher, würde im nächsten Jahr zum zweiten Mal Vater werden. Seine Frau sei gerade wieder schwanger geworden.

Heute Morgen muss ich nicht hetzen.

Ich hänge die Wäsche auf, mache sauber, frühstücke beim Fernsehen, lege mich danach noch mal kurz hin und gehe anschließend zum Einkaufen in die Passage.

Ich drehe eine Runde durch die Drogerie, den Getränkehandel und die Bäckerei. Im Park, in den ich auf dem Weg nach Hause einen Abstecher mache, setze ich mich auf die hinterste der drei Bänke an der Südseite.

Das ist die Bank der Frau im lila Rock.

Wenn man nicht aufpasst, setzt sich da jemand anders hin.

Deswegen sitze ich jetzt dort. Bisher hat sich trotz der Schilder – »Die Bänke sind für alle da!« – noch nie jemand beschwert. Und wenn mir irgendwann mal jemand auf die Schulter schlägt – »Das ist meine Bank!« – und es ist die Frau im lila Rock, die rechtmäßige Besitzerin dieser Bank, dann, ja dann mach ich selbstverständlich Platz.

Ich stelle meine Einkaufstüte neben mir ab und ziehe die Tüte mit dem Vanillecremebrötchen heraus. Es ist noch warm. Ich breche es auseinander, lege mir die eine Hälfte in den Schoß und schiebe mir die andere in den Mund. Genau in dem Moment patscht mir eine Hand auf die Schulter.

Voller Freude über das perfekte Timing rennt das Kind, das mich abgeschlagen hat, kreischend davon.

Die japanische Originalausgabe erschien 2019 unter dem Titel »むらさきのスカートの女« (Die Frau im lila Rock) bei Asahi Shimbun Publications Inc., Tokyo.

Der Verlag behält sich die Verwertung der urheberrechtlich geschützten Inhalte dieses Werkes für Zwecke des Text- und Data-Minings nach § 44 b UrhG ausdrücklich vor.
Jegliche unbefugte Nutzung ist hiermit ausgeschlossen.

MIX
Papier | Fördert gute Waldnutzung
FSC® C104608

Penguin Random House Verlagsgruppe FSC® N001967

1. Auflage
Deutsche Erstausgabe Februar 2025
Copyright © der Originalausgabe © 2019 by Natsuko Imamura
All rights reserved
Copyright © der deutschsprachigen Ausgabe 2025 btb Verlag, München, in der Penguin Random House Verlagsgruppe GmbH,
Neumarkter Straße 28, 81673 München
produktsicherheit@penguinrandomhouse.de
(Vorstehende Angaben sind zugleich Pflichtinformationen nach GPSR)
German language translation rights arranged with Asahi Shimbun Publications Inc. through The English Agency (Japan) Ltd. and New River Literary Ltd.
Umschlaggestaltung: semper smile, München
nach einem Entwurf und unter Verwendung einer Illustration von:
© Colin Webber
Satz: Uhl + Massopust, Aalen
Druck und Einband: Nørhaven A/S, Viborg
sl · Herstellung: kh
Printed in Denmark
ISBN 978-3-442-77486-9

www.btb-verlag.de
www.facebook.com/penguinbuecher